笑って生ききる

瀬戸内寂聴

中央公論新社

作家として、僧侶として、瀬戸内寂聴さんはたくさんの名言を残しています。年齢を重ね、老いを受け入れ、周囲との人間関係や、家族のかたちも変わっていくなかで、私たちは、その言葉に心のよりどころを求めます。

本書は『婦人公論』に掲載された瀬戸内寂聴さんのエッセイ、対談、インタビューから厳選したものです。

私たちの気持ちに寄り添い、一歩を踏み出す勇気を与えてくれる瀬戸内寂聴さんの言葉を、この一冊にぎゅっと詰め込みました。

編集部

目次

笑って生ききる

第一章——教えて！　寂聴さん
悔いなく生きるコツ

対談 瀬尾まなほ

この世に一人の自分を、自分が認めてあげる

私なんかにできません

瀬尾　私が寂庵に就職してから、早いもので8年半が経ちました。2011年に大学を卒業してすぐに働き始めましたが、最初は瀬戸内寂聴が作家だということも知らなくて。

瀬戸内　私が出家する前から常連だった「みの家」という祇園のお茶屋の女将に、誰かうちで働いてくれる若い子はいないかと相談したのですよ。それで送られてきたのがあなたです。これまでたくさんの人がここで働いてくれましたが、あなたみたいに変わっていて面白い子はいなかった。何しろ小説はほとんど読んでいなくて、『細雪』を「ほそいゆき」と読むし（笑）。でも、なにか魅力があったから、「来月からおいで」と言ったの。ま

なほのおかげでずいぶんと面白い毎日を送ってきたわね。

瀬尾　当時、５人のベテランスタッフの方たちがいて、お茶の出し方や掃除の仕方など丁寧に教えていただきました。

瀬戸内　あなたは本当に成長したわよ。

瀬尾　こちらに来た頃、自分は何の取り柄もない人間だと思っていましたし、まったく自信がありませんでした。それは、大学時代に就職活動でつまずいたことが原因です。私には具体的な将来の夢がなく、何となく「京都の家から通えるところがいい」「営業は無理だから事務職」としか考えていなくて。だからまったくうまくいかず、面接に落ち続けるうちにすっかり自信喪失してしまいました。今の若い人たちは、安定志向とか、冒険はしないとか言われています。私もやっぱり好きな人を支えたり、誰かのために何かをするというのが好きだったので、瀬戸内先生のもとで働いてサポートするというのが、自分にとってはすごい幸せなのです。

瀬戸内　寂庵でほかのスタッフがやっている仕事を、ためしにあなたもやってごらんと言っても、「私なんかにできません」としょっちゅう断っていて。

瀬尾　ある時先生にぴしゃりと叱られました。「〝私なんか〟と言う子は寂庵には要りません。この世の中でたった一人の貴重な存在である自分に失礼でしょう。そんなことを言うなら、寂庵を辞めなさい」と。自分を粗末に扱った私を本気で怒ってくれたことが嬉しくて、涙があふれそうでした。

瀬戸内　自分で自分を認めてあげなければ、他人にも認めてもらえませんよ。人間ってね、みんな素晴らしいのです。たとえば色黒を気にする人がいるけれど、色白がいいなんていうのはその時の流行ですから、そんなものに左右される必要はない。外見だけでなく、自分の中にあるチャーミングな部分を見つけて、「ここはなかなかいい」と思うことができたら、少しずつ人生が開けていくと思います。

瀬尾　先生はあえて人前で私のことを褒めてくださいますね。それが、私に自信を与えてくれたと思います。「まなほは優しい」と言ってもらえたのが、本当に嬉しかった。

瀬戸内　私は誰でも褒めるのよ。褒めるところが何もない人なんていないし、私のような年齢になったら褒めることも仕事だと思っているから。寂庵で月一回の法話を行う時には、参加者から悩み相談を受けるでしょう。その時も、その方の顔を見てすぐ、「あなたきれいですね、とても素敵よ」なんて言うと、初めて褒められたようにびっくりした顔をするけれど、帰る時は来た時と違う明るい表情になっています。それほど、言葉というものには力があるのです。不安を抱えている人にも、「大丈夫よ」と一言かけるだけでも自信を与えることができると思っています。

言わせておけばいいのです

瀬尾　将来の目標や夢がなかった私の人生は、先生との出会いで一変しました。特に2013年は大きな分岐点でした。長く勤めていたベテランスタッフが、自分たちを養うためにいつまでも先生が働き続けるのを見ていられないと、一斉に退職したのです。私は動揺しましたが、先生はこの出来事を「春の革命」と名付け、人生を変えるチャンスだとおっしゃった。

瀬戸内　かつて小説家になりたくて子供を置いて出奔したことも、51歳で出家したことも、私の人生にとって革命のようなものでした。90歳を過ぎてまた革命を起こすとは、想像していなかったわね。

瀬尾　二人三脚の生活で、先生との距離はぐんと縮まりました。そんななか、先生が私に文章を書くことを勧めてくださって。

瀬戸内　あなたの文才に気がついたきっかけは、あなたが私に書いてくれた手紙。名文ではないのだけど、とてもいいのよ。

瀬尾　先生との日々を綴った初の著書が、思いがけずたくさんの方に読んでいただけました。それ以降、雑誌の取材を受けたりテレビに出演したりすることも増え、自分でもびっくりしています。秘書は人前に出るべきでないという批判も受けましたし、こんなふうに表舞台に出て名前や顔を知られることに不安を感じたこともあります。

瀬戸内　私が過去に受けたバッシングにくらべたら、なんてことはありませんよ。それに、悪口を言う人があなたに給料をはらってくれるわけじゃないでしょう。言わせておけばいいのです。私だっていつまでも生きているわけじゃないのだから、覚悟を決めてエッセイを書いていきなさい。

瀬尾　小説家・瀬戸内寂聴をそばで見ているだけに、自分が書くことで生活していくなんて想像できません。思うように筆が進まず、3冊目の著書は出版まで3年もかかってしまいました。先生は70年も書き続けて、書けなくなったことがないとおっしゃいますが、本当にすごいことだと思います。

瀬戸内　私にとって小説を書くことは快楽ですから。でもね、ここ数年で大病もしましたし、すっかり体力がなくなりました。朝から晩までしんどいのよ。98歳まで生きた宇野千代さんだって、90歳を過ぎると昼間でも横になっていることが多かったと、宇野さんと親しくしていた編集者から聞きました。私も横になっているほうが楽です。

瀬尾　先生が心臓の手術を受けた後、「しんどい」という言葉を聞くたび、胸が苦しくなりました。それまでそんなに弱音を吐くことはなかったから。でも……最近は、何かにつけて、美味しいものを食べながらでも「しんどい」って言うから、気にならなくなりました。こんなに食欲あるのによう言うわ、って。（笑）

手放すと惜しくなる

瀬戸内　そう、食欲があるうちはまだ死なないでしょう。とはいえ、今月は文芸誌の２つの連載を初めて休ませてもらったし、やりたくてもできないことはありますよ。私は後悔などせずに生きていると思われているようだけれど、そうでもありません。31年間発行を続けてきた「寂庵だより」を廃刊したでしょう。

瀬尾　毎月の寂庵の様子や、先生の随筆を掲載していました。けれど、「春の革命」で編集担当者が辞めてからは、発行がどんどん遅れてしまって。購読料をいただいているのに、最後は1年も間が空いてましたから、やむをえなかったと思います。

瀬戸内　やっぱり続けていればよかった。

瀬尾　手放すとすぐに惜しくなるのは先生の得意技ですね。私にくれた洋服も、すぐに取り返すし。

瀬戸内　生まれ故郷の徳島には「あげたものを取り返すと肩に松が生える」という言葉があるのよ。きっと肩から背中まで松が生えているでしょう。（笑）

瀬尾　廃刊後、読者の方からたくさんお手紙が届き、こんなに多くの人に支えられてきたのだと実感しました。

瀬戸内　もうひとつ気になることと言えば、私が名誉住職を務める岩手県の天台寺。現在改修工事をしていて、来年の6月に完成予定でしょう。完成時には来てほしいと言ってもらっているし、私も行きたいけれど、その時どうなっているか……。もう1年以上東京にも足を運んでいませんし、行動範囲は狭くなっています。

瀬尾　最近は、執筆の合間に新聞の折込みチラシの余白とか、お菓子の包み紙の裏なんかにいっぱい俳句を書き溜めていますよね。

瀬戸内　俳句を作ることと、句集を読むことが今の楽しみなのよ。前回入院している時、鬱々とした気持ちを振り払おうと、自費出版した句集『ひとり』が思いがけず星野立子賞をいただきました。死ぬ前にもう一冊出したいと思っています。

瀬尾　先生の句集がきっかけで、60歳になる私の母が俳句を始めたんですよね。メールで送ってきたので先生に見ていただいて。

瀬戸内　あなたのお母さんが私の一番弟子よ。最初はひとつの句に2回季語が出てきたりしたけど、吟行《ぎんこう》（俳句の題材を求めて出かけること）を勧めたら、一人で吉野まで行ったとか。

瀬尾　俳句を作るために旅行をするのが楽しいようです。私は母が何かを書くのを見たことがなかったので、驚きました。

瀬戸内　やりたいことが見つかったら、年齢や経験なんて気にせずにやってみることです。好きなことをするのが一番ですよ。人間の一生って1回しかない。だから、嫌なことはしないほうがいい。どうしてもしたいことは、やっぱりしたほうがいいと思います。私はもうすぐ100歳ですけど、100歳近く生きて感じることは、「しなかった」という後悔。後悔にもあれをしとけばよかったと思うその後悔と、失敗した後悔がある。しなかった後悔よりも、それをして失敗した後悔は自分を許せます。

道徳に従うより、自分の意志で歩く

瀬尾　私は書くことも好きですが、やっぱり大切な人を支えること、喜んでもらうことに一番やりがいを感じます。先生と編集者の間をつないで仕事がスムーズに運んだら、とても嬉しいですし、幸せです。

瀬戸内　それもそうだけど、これからは私のためだけではなくて、旦那さんのためにも頑張らなくては。

瀬尾　はい！　結婚して早く子供を産みたいとずっと思っていたのに、なかなか良い出会いがなくて。先生にも心配されていましたけど、仕事を通じて知り合った3歳年下の彼と今年結婚しました。6月の結婚式には先生に出席してもらえて本当に嬉しかったです。

瀬戸内　それに、今あなたのお腹には赤ちゃんが！　病院で画像を見ることができて、鼻が高い男の子なんですってね。まなほさんも鼻筋通ってるし、旦那さんもすごいキリッとした方だから、どちらに似てもかわいい、間違いない。人生に波があるとすれば、まなほは一つの大きな波、良い波に乗っているのだと思います。とても幸せなことが次々に起きているけれど、そんな状態がずっと続くわけではないから、気を引き締めていなさいよ。浮き沈みがあるのが人生というもの。まあ、それまで私も元気と思うから、ちゃんと赤ちゃんの顔を拝めると思う（笑）。本当におめでとうございます。

瀬尾　ありがとうございます。

瀬戸内　ずいぶんとね、あなたのおかげで私、面白い、面白い毎日を送ってます。それでもまあ、97歳までよく生きてますよ（笑）。

瀬尾　良いことも悪いことも永遠には続かない。「無常」と先生がよくおっしゃいますね。

瀬戸内　人間誰しもつまずくことはあります。でもその時にくしゃっと潰れてしまわないように踏ん張るのです。あなたには、離婚しないでほしいわね。子供のためにも。

瀬尾　え？　どうしてですか？

瀬戸内　どうしてって、子供がいるなら離婚はしないほうがいいでしょう。

瀬尾　私は瀬戸内寂聴の人生を見ているうちに、「離婚は女の勲章じゃないか」と思うようになりました。離婚がマイナス要素ばかりではないと。実際、離婚して輝いている女性たちにもたくさんお会いしています。

瀬戸内　私は4歳の娘を置いて家を出たことを、何十年たった今も本当に後悔しているんですよ。でも、最近になって、その娘との交流が生まれ、孫2人、ひ孫3人とも行き来するようになりましたから、人生何が起こるかわからないもの。ですからやはり、一度きりしかない自分の人生、どうしてもしたいことはしたほうがいい。それが道徳に反すると非難されたとしても。だいたい道徳というものは、天皇や将軍など、その時の社会の強者が作るのだから、時代によって変わるのです。そんな道徳に従うより、自分の意志で歩いていかなければ。挑戦しないで後悔するより、したいことをして、失敗して後悔するほうがずっといい。そのほうが自分を許せるのです。

瀬尾　私は以前、親や瀬戸内先生の言葉に従っていれば間違いないと、自分で判断することから逃げていたんです。でも今は、自分で決めて、結果に責任を持つことの大切さに気がつきました。そのほうが後悔せずにすみますよね。

瀬戸内　明るく、威張らず、人のことを思いやれる優しさが、あなたの最大の美点です。人生は人との出会いによって広がりますから、その美点を生かしてもっと世の中に出て行って、たくさん刺激を受けなさい。本ももっと読まなくては。そして書くのよ。

瀬尾　ありがとうございます。産後すぐ職場復帰しますから、先生、これからもよろしくお願いします！

（二〇一九年十一月二十六日号）

瀬尾まなほ（せお・まなほ）　瀬戸内寂聴秘書
1988年兵庫県生まれ。京都外国語大学英米語学科卒業後、寂庵に就職。2013年、長年勤めていた先輩スタッフたちが退職し、以後瀬戸内寂聴の秘書となり奮闘中。

95歳で得た気づき――。もう充分生きたと思ったけれど

悲観的な言葉が浮かんだ時

今年の2月、京都・寂庵で毎月行っている法話の時のことです。私はいつものように、お堂に集まってくださったみなさんの前で立ったままお話をしました。1時間くらい経ち、最後の言葉を口にした時に、突然舌がもつれ、呂律《ろれつ》が回らなくなったのです。聞いているみなさんには気づかれなかったと思いますが、明らかにどこか変でした。そのうちに右の足の爪先が猛烈に痛くなり、足元を見たら、痛くないほうの足はなんといつもの2倍の太さにふくれあがっている。さすがにこれは危ないと思い、すぐに病院へ行きました。

検査を受けると、両足とも主な血管3本のうち2本が詰まっているというではありませんか。驚きました。でもそれだけではなかった。先生は「心臓はもっと心配です。血管の

2本がダメになっていて、残り1本もとても細くなり血が通りにくくなっています。すぐに手術をする必要がある」と、私の心臓がいかにくたびれているかを説明しました。

心臓の手術なんて恐ろしいと思い、「私はもう充分生きて、いつ死んでもいいので手術はしません」と言いました。すると、「そうは言っても、このままにしておくと死ぬ時とても痛いですよ」ですって。痛いのは大嫌いなので、「じゃ、手術します」と即答しました。

3月に入ってから、まず足の血管を広げる手術を、そしてその後、心臓の手術を受けることに。とくに心臓のほうは、かなり難しい手術で2時間もかかったらしいのですが、私は麻酔が効いていたため、あっという間に終わった気がしました。足と心臓のカテーテル手術は体へのダメージが少なく、すぐに退院できましたし、ずっと悩んでいた足の痛みがとれたのは、うれしかった。爪先がいつも痺《しび》れていたのは、血管が詰まっていたからだったのですね。

3年前、92歳の時に背骨の圧迫骨折や胆のうがんなども経験しましたし、最近は病院のお世話になることが続いています。90年以上も身体を使い続ければ、血管は詰まるし、内臓も疲れてくるのはしかたがないことですね。けれど、入院中はベッドで寝ていることしかできず、「もうイヤだ」「早く死んだほうがマシ」などと悲観的な考えが浮かびがちに。

あ、この気分の晴れない感じ、これがうつの入り口だな、と気がつきました。

さて、自分を楽しませるためにはどうしたらいいだろう？　私は何をしている時が一番幸せなのだろう？　答えは簡単。私にとって、書くことこそが幸せです。でも、入院中の身では、それもままなりません。だったら、新しい本を出版したいと思いました。私にとって新しい本が世に出ることは、書くことと同じくらいワクワクすることですから。

こうして、自分が欲していることをたどっていき、閃《ひらめ》いたのが句集の自費出版でした。私が俳句に出合ったのは半世紀以上も前で、一時期は句会にも熱心に通っていました。でも、仕事が忙しくて続けられず、当然、上達もできず。手元には、なんとか句集一冊分くらいの自句がありました。ほかに書いたものは、小説であれ、エッセイであれ、全部活字になってしまったけれど、俳句だけは例外だったのです。

句集をつくろう、と思っただけで胸が熱くなり、うきうきしてきました。売れる、売れないなんて問題ではなかった。私が死んだ後に、親しい人にだけ見てもらえればいいのです。早速、古いノートに書き留めてある句を全部集めて、私の厚い伝記を書いてくれた齋《さい》藤慎爾《とうしんじ》さんに託しました。もうそれからは楽しくて。気がついたら、うつなんかどこかへ行ってしまった。句集の題は、『ひとり』。一遍上人《いっぺんしょうにん》の言葉からいただきました。人間の孤独の本性を言い当てているこの言葉を、私自身、文学を通して追いもとめてきたと思います。

闘うのをやめてみる

幸せは外から与えられるのを待っていてはいけませんね。自分で自分を楽しませたり、よろこばせたりしなくては。いつまで余生が続くかわかりませんが、とにかく自分の好きなことを自由にやって、自分を楽しませたいと思います。

とはいえ、歳をとれば身体は思うように動かなくなるし、頭の働きも若い頃のようにはいかなくなります。そんな思い通りにならない我が身を、「楽しませる」なんて無理、と思うこともあるかもしれません。

私の場合はつらい闘病中、病気になってしまったことは、もはやしかたがないことだと、どこかで思い至ったような気がします。それで、しかたがないから闘うのをやめよう、と決めました。歳をとったらマインドチェンジが必要です。考え方を変えること、ものの見方をちょっとずらすこと。だって、変えないとホントしんどいもの。

3月に足と心臓の手術を受けた後、寂庵にはすぐに戻れたものの、外を歩くという気持ちにもなかなかなれず、静かに過ごすことが多くなりました。5月には、岩手県・天台寺で恒例の法話が予定されていたけれど、行くのは難しいと思っていた。しかし、「30周年記念だから、どうしても来てほしい」と。「これが最後になるかもしれない」と思い直し、相当無理をして出かけました。

到着したら、なんと5000人も集まっている。秘書には、「座って話してください」と厳しく言われましたが、せっかく来てくださった人に申し訳なくて、腰かけてなんていられないですよ。以前は、大勢の人の前に立つたびに、エネルギーを吸い取られるように感じることもありましたが、その日の私は違いました。5000人が、私の小さな体に向けてエネルギーを注ぎ込んでくれているようなイメージが湧いて、しゃきっと元気になり、立ったままで50分間、話し続けることができました。

考え方ひとつなのです。「みんなに吸い取られている」から、「みなさんからいただいている」へ。私が考え方を変えたのは、今思えば、3年前の胆のうがんの手術がきっかけだったように思います。病後、最初の法話の時、復帰を喜んで涙してくれているみなさんを前にして、「みなさんのために、と思って法話を続けてきたけれど、御利益をいただいているのは私のほうだ」と感じました。すると疲れを忘れ、いくらでも話ができた。あの体験で、行き詰まった時は考え方を変えることを覚えたのです。今年5月の法話では、その時の感覚が蘇りました。これからは、ありがたくエネルギーをいただいて、元気いっぱいやっていけそうです。

それにしても、もっと早くこういうふうに考えることができていたらよかったのに、と思います。90年以上生きてようやくです。こういう気づきは、年齢を重ねれば重ねるほど増えていくのかもしれません。

自由に生きられる幸せ

目下の心配事は、いったいいつまで生きるのか、ということかしらねぇ（笑）。それから、呆《ぼ》けたらイヤだな、ということ。うちには、私より66歳下の若い秘書がいます。いつも私のことを老人扱いしてからかうから、呆けてる場合じゃない。言われたら、言い返したいから、頭を働かすでしょう。若い秘書がいい刺激になっていると言えるのかもしれませんね。

頭だけじゃなくて、身体も動かしていますよ。落ちてしまった筋肉を取り戻すためリハビリに励んでいます。私は女学生のころ陸上の選手だったから、リハビリはすごく得意なの。大きなボールを足に挟んで、右に左に動かすことも簡単です。リハビリのトレーナーには、「95歳でこれができる人はいませんよ」「こんなに身体のやわらかい95歳は見たことがありません！」と、いつもほめられています。とてもほめ上手（笑）。私の身体は動かしてさえいればまだいくらでも動く、と実感できます。

大食はせず、適度に食べることも大切。私は20代前半に中国で生活して以来、ずっと1日2食です。お肉を食べ、お酒も飲みます。先日テレビで、「健康に年をとる人の条件」という番組を観たのですけど、私の食生活はまさに健康長寿への道だとわかりました。これじゃ、なかなか死ねないわね。（笑）

健康に一番大切だと思うのは、笑うこと。とにかく笑顔で過ごすこと。繰り返しになりますが、年齢を重ねたら、他人に楽しませてもらおうとしてはダメ。笑えることを自分で見つけ出さなくては。

とはいえ、最近の世の中、笑えない話ばかりが溢れています。このところ、不倫へのバッシングがひどいですね。不倫は道徳的にいけないこととされていますが、古今東西のあらゆる名作小説には不倫が描かれています。ドストエフスキーしかり、紫式部しかり。不倫がなければ、小説の魅力はぐっと減退するでしょう。

恋に落ちるのは、突然雷に打たれるようなもの。雷を避けられないのと同じで、自分ではどうしようもないことなのです。ですから、周りがとやかく言ってもしかたがありません。みんなが裁判官のように人を裁こうとする世の中は、とても窮屈で不自由だと思います。自分が不倫に走るかもしれない、自分の子供がするかもしれない。雷に打たれた人のことを非難しているけれど、あなた自身が打たれた時どうするのか、それを考えてみてはどうでしょうか。

そしてなにより、私がいま案じているのは、外国との関係です。ここ数年かけて、日本は戦争にどんどん近づいてきました。もうすでに、戦争は始まっていると思います。私たちの世代は戦争の経験があるから、今の時代の空気がかつてのそれと同じであることを感じとっていますよ。若い人はピンとこないのだろうけれど、私は恐ろしくてたまりません。戦争の覚えがある私たちが、もっと発言していかなくてはならないのでしょう。

そして、若い人には、自分のことを考えるだけでなく、「世界の中の自分」という視点をもってほしい。それが幸せへの道だから。世の中が、若い人たちが幸せになる方向に動きますよう祈っています。人間の幸せとは、自由に生きられることです。

（二〇一七年十月二十四日号）

96歳、出会いを革命の糧にして人は生きている限り変わり続けるのです

人間は間違いを犯す時もある

今年の5月で96歳になりました。大正11年生まれですから、大正、昭和、平成、そして来年まで元気でいたら、4つの時代を生きることになります。

96年を振り返ってみると、さまざまな変化がありました。なかでも人生で一番大きな節目となったのは、4歳の娘を残して家を出たことです。その瞬間から、人生が大きく変わりました。

そういう突拍子もないことをする時は、ある意味で正気ではないのだと思います。小さな子供を捨てて家を出るなんて、まともなことではありません。あの時の私は、やはり狂っていたのでしょう。

どうしても作家として生きたい。それが表向きの理由でした。でも、それだけではなかった。夫以外の男性を愛してしまったのです。とにかく自分の内側から湧いてくる強いものがあって、それに逆らえなかった。

人間の社会には、さまざまなルールや約束事があります。しかし人間は弱いので、「こうしなくてはいけない」「こうすべきだ」というルールを守れない時もあるのです。

もちろん、一生に一度もそういうことがない人もいるでしょう。それは幸せなことだと思います。でも、一生に一度だけ大きな間違いを犯す人もいれば、私のように、繰り返してしまう人間もいる。それはその人の運命なのではないかと思います。

30代、妻子ある作家と不倫関係に陥り、週刊誌にスクープされてバッシングを受けたことも。そして40代になると、私は流行作家として超多忙な毎日を送りながら、何度も引っ越しを繰り返し、浪費を重ねる生活をしていました。

そんな私に訪れたもうひとつの大きな節目が、51歳での出家です。私の出家は、かなり世間や文壇を驚かせたようです。たまたまその頃パリを訪れていた作家の安岡章太郎さんが、「三島由紀夫が亡くなった時と同じくらいの衝撃だね」と語っていたと、後から聞きました。でも自分では、そんなに大変なことだとは思っていなかった。思っていたら、とてもできません。

出家して変わったことはいろいろとありますが、セックスは一度もしていません。男性を好ましいと思うことがあっても、あくまでプラトニック。人の愛し方が変わった、ということでしょう。

苦しみがずっと続くことはない

ここ数年は、すっかり体が弱ってきました。92歳の時に、2度目の腰椎圧迫骨折をし、胆のうがんの手術も受けています。そして94歳で、両足の詰まった血管を広げる手術と、心臓の手術を経験しました。入院中、ベッドに寝ていることしかできないと、悲観的にもなりましたが、そのうち、病気は仕方がないのだから闘うのはやめようと決めたのです。

仏様の教えのなかで、とても大事なもののひとつが「無常」。すべてのことは、一ヵ所にとどまることなく移り変わり続けるということです。

病気をしても、たとえ最悪と思えるような状況になっても、それがずっと続くわけではない。必ず変わるのです。私の場合、この歳ですから、病気になっても治るか死ぬかのどちらかで、苦しみがずっと続くことはない。変わることを信じようと思いました。

私は病気になったからといって、「楽にしてください」と仏様にお願いしたことはありません。なぜなら、そもそも病気になったのは90歳を過ぎても徹夜で小説を書くなど、不規則でむちゃくちゃな生活をしているせいなのだから。自分の責任なのです。

ところが、病気になるたび、もう死んでもいいと思って入院するのに、必ず治って戻ってこられるのです。不思議に思って寂庵のお堂を守ってくれている人に聞いてみたら、「そりゃあ、仏様のおかげですよ」と。「私がそんなに拝んでいないことは、あなたが一番よく知っているでしょう」と反論したら、「私が毎日拝んでいます」と言うのです。

また、私が病で療養していることを知った見も知らぬ方々が、病気平癒に霊験あらたかな仏様のところにお参りしてお札を送ってくださいました。ご自身も足が悪いにもかかわらず、山の上のお寺まで登ってお祈りをしてきたという方も。いただいたたくさんのお札を袋に入れて枕元に置き、時々撫でています。あまりにもどこかが痛い時は、痛む場所に当てます。それだけで楽になるのです。

やはり人様の愛情の力は大きいですね。私も出家した以上、人のために生きなくてはならない。己を忘れて人のために生きる「忘己利他」の精神が、天台宗の根本の教えです。みんなが忘己利他で生きるようになれば、喧嘩もなくなるし、戦争もなくなるでしょう。

若い頃は自分の欲望を優先させていた私がこのような考え方をするようになったのも、やはり出家したからこそ。これも大きな変化かもしれません。

作家としての軸を作った体験

さまざまな出会いも、変化のきっかけになります。私にとっては『婦人公論』との出会いが、まさにそういったものでした。

1953年、「徳島ラジオ商殺人事件」と呼ばれる事件が起こりました。犯人とされたのは、ラジオ商の内縁の妻だった当時43歳の冨士茂子さん。当初、犯行を否認していましたが、長期勾留と厳しい取り調べの結果、つい自白してしまいます。

事件から7年後、茂子さんの冤罪が疑われるなか、私が徳島出身ということもあり、『婦人公論』から取材に行かないかと声をかけていただきました。私はまだ作家としては新人で、貧乏生活のさなか。慌てて服を買い、徳島に向かいました。それが出版社から依頼されて手がけた、私にとって初めてのルポルタージュです。そこから作家としてスタートしたといっても過言ではありません。

刑務所にも、何度も面会に出かけました。結局、私は足かけ25年、茂子さんを支援する活動を続けました。

茂子さんは66年に仮出所してからは、時々うちにも訪ねてきました。しかし何度再審請求しても棄却され、やがて病魔におかされてしまいます。お見舞いに行くと、枕元の封筒を指さし、ニコニコしながら私に見せます。誰かから届いた手紙を、再審開始決定の通知だと思い込んでいたのです。もう、いろいろなことがわからなくなっていたのでしょう。本当にかわいそうでした。

茂子さんが亡くなったのは79年。享年69でした。その後も再審請求の支援活動は続き、80年に徳島地方裁判所が再審開始を決定。私が手を叩いて喜んだら、女性解放運動を担ってきた市川房枝さんは、厳しい顔をして「これからですよ」と言いました。「裁判とは、そんなに簡単なものではありません。検察は一度有罪としたものは、決して無罪と認めない」と。あぁ、そういうものかと教えられました。やっと無罪の判決を得たのは85年です。

茂子さんに深くかかわればかかわるほど、なぜ彼女が多くの人から〝色眼鏡〟で見られたのかということもわかってきました。彼女は頭がよく、ハッキリとした物言いをする人でした。あの時代、そういう女性はよく思われなかったのです。

茂子さんは、私も通っていた徳島の女学校を卒業後、カフェの女給としてお酒を給仕していました。すると人は「あの人はカフェの女給だったじゃないか」と陰口をきく。でも茂子さんにしてみれば、女性の職業のひとつなのだから、どこが悪いのだという気持ちがある。つきあってみてよくわかりましたが、非常に考え方が理知的で進歩的でした。

彼女は、「警察なんか信じない。だから、仮出所したら自分で犯人を捜す」とも言っていました。現実には、そんなことはできません。でも、かわりに大勢の方が彼女を支援するようになった。そこで彼女は目覚めるのです。これは自分だけの問題ではない。広く人間の問題として、闘わなくてはいけない、と。絶望と怒りのなかから、彼女は変わっていったのです。

茂子さんの支援にかかわった経験は、私の生涯でとても大きなことだったと思います。裁判とは不確かなものだと身に染み、捕らえられるとはどういうことなのかも、よくわかった。私が権力というものに疑いを持ち、信じなくなったのも、あの仕事のおかげです。それは思想面での、私の軸となりました。

66歳年下の秘書と出会って

人は必ず変わります。今、秘書を務めてくれている瀬尾まなほも、びっくりするほど変わりました。

8年前、寂庵に来た当初はほとんど本を読まず、谷崎潤一郎の『細雪』を「ほそいゆき」などと読んだくらいです（笑）。それが最近は自分で本を書き、ベストセラーになったのですから！　もともと文章を書くセンスがあったのでしょう。それを、たまたま掘り起こすことができた。人生というのは、本当にどうなるかわからないものです。

彼女は、以前は何かあるとすぐに「私なんか」と自分を卑下していました。ですから私は、「『私なんか』という言い方は大嫌い。そんなことを言ってはダメ」と怒りました。誰にでもいい点があるし、なにかしら才能はあるはず。だから、もっと自分を大事にしなくてはいけない、と。

「私なんか」というのは、自分をバカにすることになります。自分で自分をバカにしてはいけません。自分でほめないで、誰がほめてくれるのか、と言いたい。それぞれの美点や才能を探したほうがいいのです。

まなほも変わったけれど、私も66歳下の秘書が来たことで変わったのかもしれません。若い人のことも、少しはわかるようになりました。最近はやや立場が逆転し、彼女に怒られてばっかり。主客転倒です。（笑）

やはり世のなかは、若い人が動かしている。未来は若い人のものです。だから年寄りは、若い人をバカにせず、彼らの声に耳を傾けましょう。

最近、私は若者たちに「青春は恋と革命だ！」と檄《げき》を飛ばしています。でも革命は、何も若者だけのものではない。何歳になっても、新しいことにチャレンジするというのは、

一種の革命です。ただし革命を起こせば、必ず揺り戻しがあります。自分で選んだことだから、揺り戻しの責任は自分でとる覚悟も必要でしょう。

初めてもらった母の日の贈り物

私にとって人生最大の革命は、やはり20代の頃、幼い娘を置いて出奔したことでした。その娘も今や72歳。彼女は夫に先立たれました。するとこの1年くらいで、彼女と私との関係が微妙に変わってきたのです。

今年の母の日、私に彼女からプレゼントが届きました。今までそんなことはなかったのでびっくりしたし、なんだか胸が締めつけられました。もし私が2、3年前に死んでいたら、経験できなかったことです。私は娘に対して、家を出たことについて説明したことはありません。でもお互いに長生きすれば、わかり合える日も来るのですね。

彼女は私に似ず、とても美人でおしゃれ。バレエを習っていたので、今でも体つきがきれいです。彼女のおかげで、孫やひ孫もいます。3人のひ孫はアメリカやタイなど海外で暮らしていますが、たまに会う機会もあります。このようなことは、若い頃には想像もしていませんでした。

繰り返しになりますが、人は生きている限り、変わり続けることができます。人間関係も、時とともに変わり、移ろっていく。96年生きてきた私が言うのですから、間違いありません。

それにしても、ここまで忙しい96歳は、珍しいかもしれませんね。出版社の編集者も、「先が短いから今のうちに」と思うのでしょう（笑）。たくさん仕事のお話をいただきます。昔からご縁の深い日本文学研究者のドナルド・キーンさんとの対談も、一冊の本にまとまりました。キーンさんと私は同じ歳。お互いに、「まだ書きたい」という気持ちが生きる原動力になっているのかもしれません。私にとって、ものを書くための精力と、ただ生きていくための精力は違うものです。私は、ものを書いてさえいれば元気なのです。

実は近々、文芸誌で小説の連載が始まります。最後まで辿りつけるかどうかは、わかりません。でも締め切りを抱えているほうが、エネルギーが湧きます。できれば最後の瞬間まで書いていたい。それだけは、生涯変わらぬ私の思いです。

（二〇一八年八月二十八日号）

第二章——人生を照らす8つの話

第1話■悩みの正体

悩み、迷うことこそが生きている証なのです

欲望があるから生きていける

人間は生きている限り、悩むもの。言い方を換えれば、悩むというのは生きている証拠です。

人間は、悩みから逃れることはできません。なぜなら人間には、心があるからです。心の中には仏教で無明と呼ぶ暗いところがあって、そこには煩悩が渦巻いています。煩悩とは仏教の言葉ですが、普通の言葉に置き換えれば〝欲望〟です。あれがほしい、これがほしい。もっといい生活がしたい、愛されたい、子供が思い通りに育ってほしい、あの人が羨ましい、妬ましい……欲望にはいろいろあり、その中には憎しみや嫉妬もあります。

煩悩が生み出すのが、悩みです。だったら煩悩がなくなれば、悩まなくてすむのか。煩

悩をひとつずつ消してゆき解放されるのが仏教の理想ですが、すっかりなくしてしまったら、人は生きていくのが難しい。たとえばみんながセックスをしたいという欲望を失ってしまったら、人類は滅びてしまいます。お金がほしいと思うから頑張って働くのだろうし、美しさを求めるから芸術やファッションが生まれる。欲望があるから、人間は生きていける。でもその欲望によって、苦しめられる。そこに人間の矛盾があります。

この世のすべては、儚《はかな》い

幸福が永遠に続くことはありえません。男女の愛もいつか冷めるし、国だって戦争に負けて滅びてしまうかもしれない。台風や津波、地震などの災害も、来るときは来る。この世のすべてのものは、儚いのです。それを仏教では「無常」といいます。2500年も前に、お釈迦様はそのことを見抜いている。命もそうでしょう。たとえ今日、元気だとしても、明日死ぬかもしれません。今の時代、経済的な問題を含めて不安を抱いている人は多いようですが、それはとりこし苦労。しょせんこの世には、確かなものなんて何もないのです。

人間は最初から儚くて寂しいものだし、一生、悩みから解放されることはありません。

私たちは、それを覚悟して生きていかないといけないのです。それが、生きる、ということです。

苦しみを経験すると、想像力が育つ

では悩みは人にとってマイナスかといえば、そんなことはありません。人間は悩みを得るたびに、成長します。悩み苦しんだ末、そこから抜け出たときは、寂しさは残るかもしれないけれど、心が練れて一段成長しているのです。

それまでは自分のことしか考えられなかったけれど、苦しみを経たあとでは、身近に同じような苦しみを経験している人がいるとその気持ちがわかるようになります。あの人、今、あんな顔をしているけれど、私もかつてはなりふりかまわず、化粧もしていなかったなと思い出す。あのときの私と同じだ、と。すると、慰め方が違ってくる。他人の心を思いやる想像力が育つんです。

人間は浅はかな凡夫ですから、自分が経験してみないと、相手の苦しみがよくわかりません。人の苦しみに対する想像力が働かないのです。私は作家ですから想像力はあるほうだと思っていましたが、もともと身体が丈夫なので、病人のつらさが本当にはわかっていませんでした。この歳になり、膝が痛いとか、目が片方見えなくなるとか、あちこち故障が出てきて初めて、「あぁ、こういうことなのか」とわかったのです。

たくさん悩み苦しむほど、人の心がわかる想像力が鍛えられ、人間として豊かになり、魅力的になります。だから人間は、おおいに悩んだり苦しんだりしたほうがいいと思います。

人に相談することで、自分を客観的に見る

悩みというのは、人に相談したところで、実際は解決できるものではありません。でも悩んでいるときは、誰かに言わずにはいられないものです。胸にいっぱい何かが詰まっていて、息もできないくらい苦しいから、誰かに聞いてもらいたい。私は以前、「人生相談はお断り」と宣言していましたが、出家してからは考えを改めました。お坊さんは、人の悩みを聞く義務があると思うからです。「知人から身の上相談を受けたのですが、どうしたらいいでしょう?」という相談も、よく受けます。そんなときは、「具体的にアドバイスする必要はありません。『大変ねぇ』と慰めながら、ただ聞いてあげればいいんですよ」と答えます。

一人で心の中で考えているときには、ぐるぐると堂々巡りしてしまい、考えが広がりません。でも悩みを言葉にして外に出すと、セメントで固めたようになっている心に風穴があきます。風が入ったら考えの幅が広がり、自分を客観的に見る余裕が出てくる。そこに、人に相談することの意味があると思います。つまり、自分で答えを見つけるためのきっかけになるんですね。

泣きたいときは、辛抱しない

同じ悩みを持つ人と気持ちを分かち合うことも、慰めになります。私が開いている法話の会で、たとえばお子さんに先立たれて苦しいと泣く人がいるとします。「ちょっと待って。この中にお子さんに先立たれた人がいたら手を挙げて」と言うと、パーッといっぱい手が挙がる。「ほら、見てごらんなさい。あなたと同じ苦しみを持っている人が、世の中にはこんなにいるのよ」と言うと、少しほっとするようです。明らかに顔色がよくなります。同じ苦しみを分かち合える人がいるとわかると、心が少し軽くなるんですね。

あんまり苦しいときは、なんでもいいから好きなことを探して没頭するのもひとつの手です。私の母は、よく脇目もふらずに編み物をしていましたが、そのときは相当悩みがあったのだなと、今になって思います。昔の女の人は自我を主張することがなかったし、させてももらえなかった。何かに没頭することで、ひととき悩みから逃げていたのだと思います。そして、泣きたいときはワンワン派手に泣けばいい。メソメソ泣くのは、周囲の人まで暗くするのでやめましょう。泣けば、少しは心が晴れます。辛抱することはありません。

教育とは、人は自分とは違うと覚えさせること

悩みの本質は変わりませんが、その一方で、時代によって様相に変化もあります。私のところに相談にみえる方は、男女問題、嫁姑問題を抱える人がほとんどですが、たとえば不倫ひとつとっても、私の若い頃は夫や子供にすまない、相手の奥様に申し訳ないという悩みが多かったのです。ところが最近は、不倫相手が自分より若い女を好きになり、自分と会う時間が少なくなったのが口惜しい。その男が自分を一番愛してくれたときの状態に引き戻したい、と嘆く人妻が多い。相手も自分も結婚しているけれど、家庭は家庭として維持したまま、不倫だけ楽しみたい。相手や身内に悪いという感情は少ないようです。

お子さんのことで悩む人も多いですね。子供はなかなか、親の意のままにはなりません

から。ただ、子供というのはいつの時代も、ものごとの本質を見抜く感性を持っていると思います。

最近、子供たちを対象に話す機会がありました。徳島の小学校では4年生を対象に「幸福について考えましょう」というテーマで授業を行いましたが、自分だけの幸福ではなく、世界中の人たちみんなが幸福にならなくてはダメなんだということを教えたら、みんなよくわかってくれました。想像力がないとお友だちの苦しみがわからないから、想像力を養って相手の気持ちがわかるようになりましょうと教えたら、それもわかってくれた。3日間授業をしましたが、3日のうちに、みんなの目つきや表情がどんどん変わっていきました。

昔は授業中に先生が「わかった人」と聞けば、みんな「ハイ、ハイ」と手を挙げたものですが、今の子供たちは黙ったままで誰も答えません。けれど一人ひとりのそばまで言って訊ねると、ちゃんと答えられる。社会全体に「みんなと同じでないといけない」「目立ってはいけない」という風潮があり、親も学校もそういう教育をするから、手を挙げられなくなってしまうのでしょう。

本来教育とは、人は自分とは違うということを覚えさせることだと思います。3人いたら3人とも違う。世界中の人類の数だけ、人は違う。だから相手の違いを認めて、評価するのが大事なんだ、と。今、子供の世界だけではなく、職場でも大人同士の「いじめ」で悩んでいる人が多いようですが、いじめの本質は「同じではない」ことを排斥する風潮から来ているのではないかと思います。

人生に悩んだとき、「読むこと」が答えをくれる

最後にこれだけは言っておきたいのですが、悩んでいる人には、ぜひ本を読んでほしい。悩みの渦中にあるときは、「私だけがどうしてこんなつらい思いを――」と思い詰めるものですが、およそ人の悩みのうち、この世が始まって初めての悩みにぶつかっている人はまずいないと思います。夫の浮気、暴力、貧困、親子関係の悩み、人間関係のもつれ、恋愛の悩み、子供の反抗、経済的な不安……みんな、前例があります。自分と同じような悩みを持った人の本は、いくらでもある。それを読むことで、きっと風穴があきます。

古今東西、小説家たちは、さまざまな葛藤や苦しみを抱えつつ小説を書いてきました。一見、恵まれているように見える作家でも、心に何も悩みがなくて小説家になろうとする人はいないでしょう。作家は書くことで、さまざまな悩みや葛藤を昇華させてきたのです。だから本は必ず、何かを答えてくれます。人生に悩んだときこそ、本は人が生きていくう

えで大きな助けになるのです。

（二〇〇九年十一月二十二日号）

第2話 怒りとのつきあい方

幸せは笑顔に集まるもの

七転八倒しても相手を許す。するとうんと楽になる

人間だもの、誰でも腹の立つことはあります。本当は相手を許すことができれば一番いい。七転八倒しても許す。そうすると、うんと楽になります。でも、これはなかなかできることではないわね。

私も90歳になって、ようやくできるようになったぐらいです。この年齢になれば、結局自分も許されているということがわかってくる。けれど40歳や50歳では、頭では理解できても、心から納得するのは難しいでしょう。仕方がないのよ。迷うのが人の常なのですから。

紫式部ですら清少納言に嫉妬した。それが女です

いつの時代も女性は自分を取り巻く状況に腹を立て、悩みを抱え、イライラしてきました。傍目《はため》にはいくら恵まれているように見える人でも、心の中が安らかかどうかはわかりません。それはいまも平安の昔も同じです。

たとえば、清少納言とライバルの紫式部を並べてみると、それは比べものにならないぐらい紫式部の才能が突出しています。ところがそんな紫式部が、日記の中で清少納言の悪口をうんと書いているのです。わざわざ名前を挙げて、「知ったかぶりをする」「でしゃばり」とか、「ああいう人は行く末とてもみじめになるだろう」なんていうことまで書いている。なぜ紫式部ほどの才女がそこまで書くかというと、おそらく妬いているのね。(笑)

清少納言には、紫式部もかなわない何か人間的な魅力があったのではないかと、私は思っているのです。文献から想像する限り、2人とも美人ではなかったようなのですが、清少納言はとても公達《きんだち》(男性貴族)にモテたらしい。どれだけ紫式部が優れていても、自分が決してかなわない部分を清少納言の中に見て、嫉妬したり、イライラしたりしていたのでしょうね。

2人を比較すると、紫式部は自分を隠すけれど、清少納言はあけっぴろげで自分の思ったことを何でも言ってしまう。だから私は、友達に持つのなら紫式部よりは清少納言のほうがいいと前から思っていました。(笑)

腹が立ったら辞書でも投げておきなさい

実は出家前に、3回ぐらいヒステリーを起こして自分で髪を切ったことがあります。なぜそんなことをしたのか、細かいいきさつは忘れてしまいましたが、男性関係だったことは間違いありません。たぶん男がバカなことをして、腹を立てたのだろうと思います。だけど髪の毛って、ふつうの鋏で切ると、ギシギシしてすごく切りにくいの。だからそれ以来、私は腹が立ったら、家で分厚い『広辞苑』を投げつけることにしました。ちょっと重いけれど、〝投げで〟があるし、頑丈で壊れませんから。(笑)

読者のみなさんの中には、夫のことで恨みや不満がある方もおいででしょうけど、これも平安時代から変わらないこと。

古典文学の中には、そういった女性の苛立ちや不安、不満がたくさん出てきます。たとえば清少納言や紫式部の50年ぐらい前に、もっと強烈な女性の本音を綴った日記がありました。それが『蜻蛉日記《かげろう》』。これは私小説の元祖といってもいい内容ですが、作者の「藤《ふじ》原道綱母《わらのみちつなのはは》」は家柄が良くて、教養も高く、そのうえ当時の三大美女の一人といわれるほど美しい人でした。ミス日本ですよ。

あの時代は通い婚で、男が車で妻の家に通ってきます。女は家で待つしかないのです。ところが、『蜻蛉日記』では、ようやく夫が来てくれたと思ったのに、すっと家の前を通り過ぎてしまう。スパイに後をつけさせたら、夫は自分より身分の低い、町の小路の小さな家に住む女に夢中になっている。そこで道綱母は「腹が立つ、あんな女、死んでしまえ」だとか、夫の愛人の子供が生まれて間もなく死んだと聞くと、「ざまあみろ」なんて、ものすごいんですよ。最初に読んだときは、あまりの率直さにおどろきました。

欲望があるからイライラし、煩悩があるから人間である

ところで、人はなぜイライラするか、腹が立つのか？

それは、心には欲望があり、それが煩悩を生むからです。

「あの男を手に入れたい」

「あの服が買いたいけど、お金がない」

「子供が言うことを聞かない」

腹が立つのはすべて、自分の思い通りにならないから。つまり煩悩があるからです。でも煩悩がなくなったら、人間ではないですね。

本当は心の中を空っぽにして、風が吹き通るようにするのが、一番いい。でもそれはなかなかできることではありません。だから、なるべく怒らないこと。なんとかイライラとうまくつきあって、怒りをごまかして消していくしかないのです。

私も若いころに『花芯』という小説で女性のセックスもふくめた話を書いたら、エロを売り物にしているなどとずいぶん批判されました。腹を立てて猛烈に批判し返したら、さらに激しく返ってきて、その後5年間仕事を干されてしまった。そのときに、怒りというのは、そのまま相手に叩きつけないほうがいいということを学びました。どうしても我慢ができなければ、人を攻撃するのではなく、部屋で辞書でも投げておけばいいんですよ。（笑）

悪口は人に聞いてもらう。ただし、相手を選ぶこと

寂庵にもたくさんの方が身の上相談にいらっしゃいます。みなさん申し合わせたように、

夫や恋人、姑なんかの悪口を言う。でも、人に聞いてもらえるとだいぶ気持ちが収まるから、誰かに話すといいですね。

ただ、話す相手を選ばないと、翌日には話が周り中に広まってしまう。だからお坊さんや神父さんなど、絶対に人に言わない相手を選んでね。話せる人がいなければ、日記に書く。とにかく胸の内に溜めこまないことが大切です。

いつも笑顔でいるために、ユーモアの訓練を

それから大切なのは、笑顔でいること。仏教では「和顔施《わがんせ》」という言葉があります。相手に笑顔を施すというのが一つの徳になる。つまり、いつもニコニコしてること。

とはいえ、イライラしているときに「笑え」と言われても、笑うのは難しい。ですから、普段からユーモアを理解するように自分を鍛えること。笑顔はその人にとって一番いい顔です。笑顔を向けられて怒る人はいません。「なにニヤニヤしているの」なんて怒るのは姑ぐらい（笑）。でもお姑さんだって、毎日ニコニコして「お義母さん、おはようございます」と言われたら、いつしかつられて笑うでしょう。

幸せというのは笑顔に集まってくるもの。お通夜帰りのような顔をしているところには、

幸せは決してやってきませんよ。

（二〇一三年二月七日号）

第3話　人生後半の生き方

自分を変えるのはひとつの革命です

心がすっきりしていれば、病気は寄ってこない

よく「お元気ですね」と言われますが、さすがにこの歳になると、肉体の衰えを感じます。

以前は本当に足腰が丈夫でね。速足でとっとと歩くので、若い男性の編集者がついてこられないほどでした。ところが88歳の時に腰椎を圧迫骨折し、医師から半年間安静にしているようにと言われたのです。普通は3ヵ月くらいで治るけれど、「なんといってもお歳ですから」と。「お歳」などと言われたことがなかったのでびっくりして、自分の歳のことを初めて考えるようになりました。

それまではしんどいなどと感じたことはなかったけれど、今は歩くのが以前のようには

いきません。寂庵のある京都から東京に行くのも、正直いうと疲れます。本当はテレビや雑誌の仕事はあまりやりたくないのですが、皆さん私がもうすぐ死ぬと思っているから（笑）、今のうちにいろいろ聞いておかなきゃと考えているのでしょう。

とはいえ、いまだに食欲は衰えません。酒量も衰えない（笑）。それに歳をとると眠れないとよくいうけれど、私はいくらでも眠れます。やっぱり丈夫で元気なのでしょうか。

締め切りが迫れば、夜通し仕事をします。だから、「毎朝何時に起きてお経を唱えて、何時に朝食を食べるのですか？」などと聞かれるのは、本当にイヤ。だって、規則正しくなんてしていられないもの。その手の質問には答えません。（笑）

どんなにしんどくても、締め切りがあれば書く。それに私は得度《とくど》したので、あちこち出かけて法話をしたり、いろいろな人の悩みも聞かなくてはいけない。それが僧になった人間の義務だからです。

義務というのは、あまり楽しいものではない。でも、自分のやらなくてはいけないことを毎日一所懸命にするのが、元気の秘訣といえるのではないかと思うのです。

体は心次第。健康でいるためには、心が何より大事です。気持ちが暗いと、病気を招いてしまう。心がすっきりしていれば、病気は寄ってきません。

愚痴をこぼすと幸せも健康も遠のいていく

常にすっきりした心でいるためには、今置かれている場を懸命に生きることでしょうね。主婦でしたら、やはり主婦の仕事をおろそかにしないほうがいい。仕事をしている人も、「この仕事は嫌い」とか「上司が苦手」などと愚痴ばかりこぼしていると、健康も幸せも遠のいていきますよ。

ただ、家庭でも仕事でも、どうしても我慢ならないのなら、飛び出して新たな場を自分で探すという方法があります。そのためには自分の頭で考えて、自分で責任をとらなくてはいけません。

体の健康について言えばおかげさまで好き嫌いなく、なんでもおいしく食べています。一番好きなものはお肉。最近は医学的にも、とくに高齢者は肉を食べるとよいという説があるそうですね。

若い頃は、ものすごく偏食でした。肉も魚も野菜も嫌いで、豆しか食べなかった。ところが20歳のとき、断食道場に入ったのを境に、ころっと偏食が直りました。20日間断食をし、体の回復のためさらに20日。40日間道場にいた後、普通の生活に戻ったら、何を食べてもおいしい。体の細胞が、すべて入れ替わったような感覚でした。

もしかしたらあのときに体が生まれ変わったために、20歳ぶん若くなったのかもしれない（笑）。

ちょっとした病気は、断食で治せます。この歳になると、亡くなる際、断食をすると静かに楽に死ねるそうです。もしこの先、あんまり死なないようだったら、断食して最期を迎えようかとも思います。

色欲から自由になり、出家してから若返った

昔から僧は、元気で長生きをする人が多かった。2500年も前に、お釈迦様は80歳まで生きています。お釈迦様は、若い頃はさんざん女性と関係を持ったけれど、修行を始めてからはいっさい女性を断ったそうです。性の煩悩から解放されたことも、長生きの要因だったのかもしれません。2008年に106歳で亡くなられた永平寺の元貫主・宮崎奕保《みやざきえきほ》禅師様は驚くほど若々しくてお元気でしたが、宮崎禅師様も一生、女性と接していないそうですから。

私は51歳で得度してから、いっさいセックスをしていません。色欲から自由になり、男

のことで悩まなくなったぶん、若返ったような気がします。もちろん現世で普通に生きているのであれば、どなたか好きな人がいたほうが、元気でいられるんじゃないかしら。体が満たされていると心が広くなり、いろいろなことを許す心が生まれるから。

人を恨んだり憎んだりせず、許し、愛するのは何よりも大切なこと。自分もまた、許され、愛されて生きているのです。

更年期には、1の不安を7にも8にも感じる

私はいろいろな方から身の上相談をされますが、一番多い年代は、40代後半から50ちょっと過ぎ。ちょうど更年期の世代です。

この時期、女性は、なんとなく憂鬱になったり、ふいに悲しくなったりする。イライラする人もいるし、こんなことでいいのかと悩んだり、夫婦や子供の問題、親の介護など、さまざまなことが不安になります。しかも1のことを、7にも8にも感じる。普段だったら笑って見過ごせるようなことを、ひどく気に病んでしまうのです。そして心の不調が、体の不調を呼んでしまいます。

心の不調が更年期のせいだと気づかない人もいるようです。でも、おかしいと思ったら、

すぐお医者さんに相談したほうがいい。ホルモン補充療法などで、パッと解決するケースもありますから。

更年期をうまく乗りきれなかったのか、作家の有吉佐和子さんは睡眠薬が手放せなくなり、53歳の若さで亡くなりました。ですから更年期は怖がる必要はないけれど、危険な時期でもある。うまく乗りきることが大事です。

更年期は自分を変えるチャンスでもある

私の場合、40代後半はいわゆる流行作家として多忙を極めていました。でも、注文を受けて書いてと、同じことの繰り返しのような気がして、虚しい気分になっていたのです。お金が入ってきても、そうそう使い道もない。着物もさんざん買ったけれど、それもどうでもよくなってしまった。

一時期はノイローゼみたいになって、マンションの上階から飛び降りることをよく想像していました。フロイトの直弟子という精神科医のところへ通い、ノイローゼは落ち着いたけれど、根本的な問題は解決していなかった。

もっといいものを書きたい。そのためには、根っこから自分を変えるしかない。迷った

末、51歳で得度という道を選びました。その後は、穏やかな心と生活を手に入れることができたのです。

後になって考えると、悩んでいた時期はちょうど更年期と重なっていました。ただ渦中にいる間は、そのことに気づかなかった。でもあのときにさんざん悩んだからこそ、自分自身を見直し、後半生をどう生きるべきか見極められたのです。

更年期は心や体の調子を崩しやすい時期。ですが、自分を変える大きなチャンスでもあります。

自分の心が滞っていると気づく人は、革命を起こせる

元気でいるためには心が大事だと言いましたが、「今、私の心は滞っている」と気づける人は、自分を変えることができます。自分を変えるのは、ひとつの革命。別れや離婚なども、革命といえるでしょう。大きなエネルギーを必要としますが、自分の頭でしっかり考えて決断をしたら、きっと何かしら道が開ける。そして革命は、何歳になっても起こせます。

91歳の時、寂庵に長い間勤めてくれていたスタッフが皆さん辞めることになりました。

「私たちを養うために先生がたくさん仕事をしているのを、見るに忍びない」と言うのです。勝手知ったる人がいなくなったら、どうなるのか。不安もある一方で、これが自分にとって最後の革命になるかもしれないとも思い、あえて引き留めませんでした。やってみようという気になったのです。

最高の健康法は、笑うこと

そうしたら孫よりも若い20代の女性が、秘書をつとめてくれるようになりました。ここまで世代が離れると、考え方も感覚もまるで違うから、それが面白くて、毎日ゲラゲラ笑っています。たとえば私を見て、「天然ボケ」などと言います。原稿が書けなくてうなっていると、「自爆キャラ」。仕事を引き受けすぎて、アップアップしているって。(笑)

年寄りというのは、とかく「今どきの若い者は」と文句を言いがちです。目上の人にそんな口をきくなんて、と思う人もいるかもしれません。でも私は、彼女があまりにもとんでもないことを言うので、もう、おかしくてしょうがないの。

笑うのは何よりの健康法。怒ったりイライラしたり人を恨んでいると、イヤな顔になる。これは美輪明宏さんに教えていただいたのですが、家のあちこちに鏡を置いておくといいそうです。鏡が目に入ると、自分がイヤな顔をしていたらわかるから、「あ、いけない」と思ってニッコリ笑う。すると心がすっきりする。なるほど、と思いました。

どうせ死ぬなら、好きなことをしなければ損

今までさほど大きな病気はしてきませんでしたが、60歳のとき、心臓のあたりがなんとなく気持ち悪くなりました。そこで心臓病の権威だというお医者様の診断を仰いだところ、「今すぐ小説を書くのをおやめなさい。講演旅行なんてとんでもない」と言うのです。「じゃあ、私はどうしたらいいんですか?」と尋ねたら、「歳相応に庭の草でもむしっていたらいいじゃないですか」。「もし先生の助言を無視したら、どうなるんでしょう」と重ねて訊くと、「命の保証はできない」という答えが返ってきました。

そうか、死んでしまうのか。だったら、草むしりなんてするのはつまらない。もっと仕事をしてやれと思い、書く量を倍に増やしました。だってどうせ死ぬなら、好きなことをしなければ損だから。そしてあるときふっと気づいたら、そのお医者様は亡くなっていたのよ。いっぽう、私は今も相変わらず、忙しく仕事をしています。

それ以来、私は一人の医師の言うことを鵜呑《うの》みにしないようにしています。セカンドオ

ピニオン、サードオピニオンを求めて、それが一致したら、言う通りにしようと考えているのです。
もちろん人には、「医者の言うことは信じるな」などとは言いません。ただ、好きなことを全力でするのが、私の元気の源ではないかと思うのです。

（二〇一四年五月七日号）

第4話 からだ

離婚、恋愛、セックス したいことは何歳でもおやりなさい

対談 伊藤比呂美

――私たちの時代は不倫だなんて……まあ、私はしましたけど

瀬戸内 比呂美さん、このあいだ会った時よりも色っぽくなってますよ。

伊藤 あらぁ。

瀬戸内 女がきれいになった時は男が関係している。

伊藤 いやいや……私はともかく（笑）、まわりの友だちを見ていると、恋をして、セックスしている人はそれだけできれいになりますね。肌なんかこう、パーンとなって。

瀬戸内 まず、皮膚がきれいになる。

伊藤 恋って、いくつくらいまでできるものなんでしょうね。

瀬戸内　あなたはいくつ？　40代、50代は女の華ですよ。

伊藤　〝女の華〟。はい、そのお言葉いただきました！（笑）

瀬戸内　不倫の相談は50代の女性が多いんです。このあいだは60過ぎの方も。私たちの時代は不倫だなんて……まあ、私はしましたけど。（笑）

伊藤　60代ですか。さすがに80や90になると、セックスはできないかもしれないですね。

瀬戸内　私は51歳で出家したから、そちらのほうはわからないけど、しようと思えば、できるんじゃないの。

伊藤　カラカラに乾いていても？

瀬戸内　今は、お医者さんにいけばお薬をくれたりするんでしょ。

伊藤　女性ホルモンの投与とか潤滑ゼリーなんていうのも……って先生、私、こんな話ばかりしたいわけじゃないんですけど。

瀬戸内　こんな話をするんだとばかり思って来たわ、私。（笑）

性欲はあります。死ぬまで、とはこういうこと

伊藤　じゃあ、遠慮なくお聞きします。出家してからセックスはしていらっしゃらないで

しょう。

瀬戸内　そうよ。

伊藤　性欲はありますよね。

瀬戸内　もちろんありますよね。でも、この歳になれば、モヤモヤ、ポッ、くらいよ。風が吹いてる。あらっという感じで、すぐにスッとどこかにいっちゃう。具体的な対象があるわけじゃないの。月に一度くらい、仕事をしていてくたびれた時、肉体がふっとそうなるのね。「死ぬまで……」というのは、こういうことじゃないかしら。

伊藤　50代の頃はどうでした？

瀬戸内　修行でヘトヘト、性欲どころじゃなかった。60代になると、モヤモヤは少なくなってくる。

伊藤　私も閉経を過ぎて、さっぱりしてきました。悶々というのはだんだんなくなる。

瀬戸内　それにしても、その昔は、「（セックス）したい」とか「しよう」とか、そんな言葉は使えなかった。今は何でも自由になって、それはいいことよ。

伊藤　エロスは時代も超えますよね。先生が書く、平安の女の性描写なんて、とてもいい。

瀬戸内　平安時代、夜は真っ暗で相手の姿形も見えない。だから手で触るの、手とか髪だとか。当時、髪が長いことも美人の条件だったのね。

伊藤　私も現代の女としては、髪が長いほう。これぞビューティ（笑）。先生、（髪をかきあげて）生え際のところに白髪があるでしょ。私、この白髪がイヤじゃないんです。むしろ嬉しい。「ちゃんと、トシがここに来たぞ」という感じで。

瀬戸内　白髪って、頭が全部真っ白になったのもいいわね。

伊藤　そうでしょ。以前、女友だちが自分の白髪を指して、「ほら、見て」と。「こういうトシになって、よく頑張ってる、私」と得意そうに言ったんです。私と同い歳の女がハッキリそう言うのを聞いて、カッコいいなと思いましたね。今後はもっと増やしてヤマンバのようにしたい。先生、頭のお手入れは？

瀬戸内　毎日、自分で剃ります。若い時は剃り跡が青々としていたの。でも、今は青くない。皮膚が歳をとってるのね。若いお坊さんの頭を見ると、「ああ、青いな」と思う。

伊藤　それもなまめかしい（笑）。先生は、若い頃、歳をとることへの恐怖はありました？

瀬戸内　そんなこと、思わない。

伊藤　私もないんですよ。たしかに鏡を見ると「あ～あ」と思うこともある。でも、「それで、どうなの」って感覚でしょうか。

瀬戸内　白髪を染めて自分がきれいになると思うのなら染めればいいし、シワがイヤなら手術でとればいいんです。それでコンプレックスがなくなるのならね。かつて私が小説に書いた管野須賀子も田村俊子も、整形手術をしてたんですよ、今から100年も前に。こんな素敵な女の人がみなしてるなら、私もしようかなと思ったこともあります。

伊藤　どこをどうしたいと？

瀬戸内　鼻を高くしたい。そそっかしくてよく転ぶんです。おでこや頬をケガするんだけど、鼻は一度もすりむいたことがない（笑）。結局、手術はしませんでしたけど。

伊藤　今、〝美魔女〟ブームというのがあるらしいですよ。40代、50代なのにシミもシワもなく、スタイルよく、美人で、その年齢には見えないという……。でもこれ、女による女のブームじゃないかと思います。男は女が考えるほど、女性のシワや体形を気にしていないんじゃないでしょうか。

瀬戸内　たしかに外見は大事だけど、それだけじゃないですね。いくら顔をきれいにしても、中身が空っぽじゃダメ。

専業主婦という才能に自信をもとう。でも家庭の外にも視野を広げて

伊藤　これまで先生が「素敵だな」と思った女性は？

瀬戸内　自分よりいい女性に会ったことはないわね（笑）。でも仕事を一所懸命にしてる女性は素敵ですよ。

伊藤　専業主婦の場合はどうでしょう？

瀬戸内　専業主婦ができるのも才能。家事は大変な仕事よ。台所仕事も掃除も、人を雇ってやってもらうお金に換算してごらんなさい。夫には支払えませんよ、高すぎて。だから、主婦も「これだけの仕事をしている」と自信をもっていい。

伊藤　でも、家族のために働いているうちに、気がつけばトシだけとって……と嘆く人も多いようです。

瀬戸内　心がけの問題ね。自分と家庭のことばかりじゃなく、本をたくさん読むとかして、「ああ、こういう考え方もあるな」と視野を広げなきゃ。テレビを見るにしても、世界がどうなっているかを見てほしい。

伊藤　そしたら、したいことが出てきますね。ボランティアでもいいし。何歳になっても新しいことを始めたり、学ぶことはすごく大事です。

瀬戸内　私、満で92歳だけど、スマホを使うのよ。最初はうまく操作ができなくて「こうしてやる！」と床に叩きつけようとしたの。でも、スタッフに「それ、高いんです」と言われて惜しいなと。（笑）

伊藤　私がお勧めしたいのはズンバです。

瀬戸内　ズンバ……。

伊藤　ラテン系の音楽に乗って、腰を振って踊りまくるエクササイズで、アメリカではすごく流行っています。私はカリフォルニアで通っていて、これが楽しい。60代、70代がクラスの主要メンバー。（踊りながら）こんなふうに体を動かし、汗をいっぱいかき、夢中になって我を忘れます。

瀬戸内　見ていると、腰を回して、いかにも「してちょうだい」というようなセクシーな動きね。

伊藤　たしかに膣のまわりの筋肉を使う感じです。歌詞も「俺はおまえがほしい」、そんなのばっかり。

瀬戸内　快感があるのね。私は音痴だけどリズム感があるから、それ、やろうかな？

恋は快楽だけでなく、その悲しみや苦しみが女を美しくする

伊藤　「今の自分は輝いていない」と不満をつのらせている40代、50代の女性たちに、私

BOYS
BOOZE

は「自分のために生きて」と言いたいけれど、そうなると、最終的には離婚なんてことになるかもしれない。

瀬戸内　離婚なんて何度してもいいの。あなたも2回してるでしょう。

伊藤　2回離婚して今3度めの結婚ですけど、男って、夫になるとみな同じなんですよね。金太郎飴みたい。

瀬戸内　それがわかっただけでもいいじゃない。やりたいと思ったことはしたほうがいいんです。私なんて、したいことを全部して出家したから未練がない。今、小説を書いているのも快楽です。恋だって、何歳であろうとすればいい。恋は快楽だけじゃない。悲しみや苦しみが女を美しくもする。

伊藤　石橋をどう渡るか、ですね。「石橋を叩いて渡る」と言うじゃないですか。私の場合、石橋はまず走り抜ける。向こう側についてハアッハアッ、って息しながら後を振り向いて、「あ、橋、落ちてる」。(笑)

瀬戸内　私もいつも走ってる。走っては、転んでる。(笑)

伊藤　「私は私よ!」ですね。白髪もシワも、開き直ればいいいんです。

家族がいても人間は独り。孤独だから強くなれる

瀬戸内　いい歳の重ね方をするには笑顔も大切ね。

伊藤　さっきお話ししたズンバはいいですよ。腰を振っていると、自然と口が開いて笑顔になる。

瀬戸内　私も昔、ダンスホールにしょっちゅう通って腰を動かすのは上手だったの。これは天性のものね。（笑）

伊藤　先生には天性のエネルギーのようなものがあります。思い出したのは、シャーマンツリーと呼ばれる巨樹。山火事にあうたびに耐え、再び芽吹いて繁り、たくさんの実をつける。先生にお会いした時、その巨木にも似た強さ、美しさを感じました。

瀬戸内　美しくなんかないけれど、強く見えるとしたら、それは私が孤独だからです。独りになりたいと思って出家した。歳をとるにつれ、改めて出家してよかったと思います。

伊藤　私はいつも家族がそばにいるからなのか、独りは淋しいなと思うし、怖い。

瀬戸内　家族があっても人間は独りですよ。生《しょう》ずるは独りなり。死するも独りなり。一遍上人の言葉です。今は、自分のためだけでなく、人のために生きることも人生だとやっと

思えるようになってきました。

伊藤　先生、私も出家したくなりました。

瀬戸内　あなたは欲ばりだし、これからも、もっといろいろとしたいことがあるんでしょ。それに、さっき、いつまでセックスできるか知りたいって言ってたじゃない。

伊藤　わかりました。先生が経験していらっしゃらないことを90歳で試してみて、ご報告します。

瀬戸内　あの世へメールしてね。（笑）

（二〇一三年四月七日号）

伊藤比呂美（いとう・ひろみ）　詩人
1955年東京都生まれ。1978年に現代詩手帖賞を受賞してデビュー、80年代の女性詩人ブームをリードした。近著に『ウマし』『たそがれてゆく子さん』など。

第5話■家族

褒め言葉を浴びると、夫も子供も輝きはじめる

――人と比較しすぎていませんか

寂庵には「自分を好きになれないんです」とか、「自分が嫌いです」といったお手紙がよく届きます。自分とは、この世界にたった一人しかいない存在です。まず自分が自分を好きにならないで、どうするのでしょう。

自分を好きな人は、幸福感に満たされているから、そこに惹かれて、人も寄ってくる。逆に自分が嫌いだと、人も離れていきます。

今の人たちは、常に人と自分を比較している気がします。人は人、私は私と思えない。自分というものをもっていないのです。まわりと違っていないか、いつも不安だし、人と比べてひとつでも足りないところがあると、そんな自分が嫌いになる。他人のはかりで自

分を計るから、不安にもなるし、自信がもてないのでしょう。

どんな人でも、短所イコール長所だし、長所イコール短所だと思います。容姿も性格も、すべてそうです。私はグズだと思っている人は、実は何をやるにも人より丁寧かもしれない。引っ込み思案だと悩んでいる人を、奥ゆかしいと見る他人もいるでしょう。自分で欠点だと思いこんでいるところが、実はその人の美点である場合もある。ようは見方次第です。

あらゆることに関して、自分なりの物差しをもてばいい。そう言うと、「その物差しをもつのが難しい」とか「どうやって自信をもてばいいかわからない」と反論する方がいます。そうやって、最初から否定的に考えすぎるからいけないのです。物差しは自分で作るのだから、こんな簡単なことはないはず。勝手に決めさえすればいいんですから。たとえ突飛な格好でも、堂々と着ていると、それはその人の一部になり、ちっともおかしくなくなります。それどころか、個性的で素敵だなと思ってもらえるようになるはずです。

そもそも、みんなと同じ格好、同じ生き方をして、つまらないと思わないのが不思議です。みんなと同じだと、目立たないじゃないですか。それとも、目立たないことで安心するのでしょうか。みんな社会の目や常識、まわりの思惑を気にしすぎだと思います。枠をまわりに張り巡らせ、そのなかでおどおどしている。そんな生き方、つまらないじゃないですか。

親から生き方を押しつけられる子供はいい迷惑

なぜ最近、自信をもてない、自分を好きになれない人が増えてきたのでしょう。理想の体形はこうだとか、これを知らないと遅れているとか、こういう生き方が素敵だとか、勝手な基準に踊らされている。

教育にも問題があると思います。みんな同じように画一教育しようとするから、おかしくなってしまう。10人いれば10人とも違うのが当たり前。勉強が苦手でも絵がうまい子供もいるし、数学ができなくてもスポーツ万能の子もいる。それぞれ、生まれもった個性があるはずです。

本当にその子に相応《ふさわ》しい生き方なんて、6、7歳でわかるはずはありません。だから本当は、幼稚園や小学校は、どこでもいいんですよ。それで、少し個性ができてきた頃に、道筋を考えればいい。それを、やれここの幼稚園がいいとか、小学校はあそことか、子供の将来のためなどと言いながら、結局、親の見栄と欲望を押しつけているだけじゃないですか。そうやっていつも親から生き方を押しつけられ、その結果、自信をもつことのできない人間になってしまうのでは、子供はいい迷惑ですよ。

「できなくてもいい」で子供は自信喪失から救われる

最近、子供が中学生くらいまでは優秀だったのに、突然成績が落ちておかしくなってしまった、と嘆くお母さんたちからの相談をよく受けます。申し合わせたように、優秀なキャリアウーマンです。

優秀な母親の子供たちは、小さい頃は、うちのお母さんは素敵だと、自慢に思っているんです。ところが思春期になって自我が確立される時期になると、私はお母さんとは違うと気づく。いくら勉強しても私はかなわないと思うと、どーっと自信喪失するんですね。

そういう時、親は、できなくてもいいのよという信号を送ってあげなくてはいけないのです。ところが母親は、私だってできるんだから、子供もできて当然と思ってしまう。たとえ言葉にしなくても、それが伝わって、子供は耐えられなくなるんです。いくら親子でも、人間は一人ひとり違う。決して同じではないということを、お母さんも受け入れなければ。

褒められるのを待つより、自分で自分を褒めてみる

大人は子供を褒めたほうがいいと思います。どんな子供だって美点があるはず。それを見つけて自信をもたせてあげるのが大事です。

褒めたほうがいいのは、大人も、夫婦でも同じです。褒められると、人間、自信がつくものです。

ところが世の夫たちは、妻にちっとも感謝の言葉を言わないし、妻を褒めない。家事をするのは、当たり前だと思ってる。それどころか、姑の介護をするのも当然だと思っている。これでは妻たちは、私はなんのために生きているんだろうと虚しくなり、生活すべてがイヤになってしまいます。

今の時代、専業主婦の人は、なかなか自分の生き方に自信がもてないようです。でも、家のことを完璧にやっているのなら、もっと威張っていいんですよ。家事を完璧にこなすというのは、それだけで立派な才能です。亭主からお金をとってもいいくらい。洗濯代、セックス代、教育代とか……。無報酬だから、つい自己評価を低くしてしまうんですね。実際には、今のサラリーマンの収入では、奥さんに家事代金は払えないでしょう。それで

も妻になってあげたんだから、もっと威張ってもいい。

とにかく日本の男は、女性を褒めませんね。これは悪い習慣ですよ。男の子ができたら、お母さんは、「女の子は褒めなきゃだめよ」と教育してほしい。どんなに不美人でも、1日に100回「君は美人だ」と言われていれば、本当に美しくなるものです。

一番いいのは、人から褒めてもらうのを待つより、まず自分で自分を褒めること。たとえば家にいる時もお化粧をして、鏡を見て「あなた、今日はとても可愛いわよ」と笑いかける。これは容姿に限りません。「私けっこう、頑張ってるじゃない」「今のままで十分素敵よ」と、褒めてあげる。自然と今の自分が好きになるし、自信ももてるようになるはずです。

褒める言葉を惜しんではいけませんね。夫は妻を褒め、妻は夫を、親は子を、そして自分で自分を褒める。そうやって褒めあえば、みんな自信をもてるようになり、輝きはじめるはずです。ところが今は、自分はすぐに傷つくくせに、相手を傷つける言葉を平気で吐く。こういうことを言われたら相手がどれだけ傷つくかというイマジネーションが足りないから、思いやりがもてないのでしょう。そんなふうにみんなが傷つけあい、自信をなくしていくのでは、世の中いったいどうなるんでしょうか。

失敗するから、成長できる

最近は、失敗を恐れる人が多いようです。でも人間だもの、失敗しますよ。失敗をしたからって、悔やんだり自信を失う必要はまったくありません。失敗することで栄養をもらい、成長するのです。

離婚をした方のなかには、私は人生を失敗したと、否定的な考え方をする人もいますが、離婚することで前よりももっと相性のいい人と出会うチャンスが生まれたと思えばいい。そうやって視点をちょっと変えてみると、物ごとはまったく違って見えてきます。

たとえば更年期の女性も、もう女としておしまいなどと落ち込まず、閉経したら妊娠の心配がないから本当にセックスが楽しめる、自由に恋愛だってできる、くらいに思わないと。何ごとも気のもちようとはよく言ったもので、自分に都合がいいように考えれば、毎日がもっと楽しくなるはずです。

相手の好みに合わせてばかりいると、心がやせ細る

男女のことで言えば、愛されよう、愛されようとしないで、愛する立場になったほうが、ずっと楽です。愛されようと思いすぎると、ちょっとしたことで「愛されていないのではないか」と不安になるし、いつも「これでも足りない」「もっと愛して」と、飢えた状態になってしまう。

男女の愛はシーソーみたいなもので、ちょうど釣り合うことなんて、ほんの一瞬です。どちらかが上がって、どちらかが下がっているのが普通の状態。追いかけたら逃げる。退いたら向こうがついてくる。それが鉄則です。愛されたいと望みすぎるのは、常に追いかけている状態。破局に向かって走っているようなものです。なぜそうなるかというと、やはり自分に自信がないからでしょう。

もっと「私は私」という気持ちをもつことです。夫であれ恋人であれ、自分に好ましくないことを望む相手は、相性が悪いと思ったほうがいい。「私は私だから。この私が嫌なら、もうあなたなんかいいわ。この私を好きになってくれる男性は、寄ってらっしゃい」くらいの気概をもたないと。人に迎合したり、相手の好みに無理やり合わせていると、い

つか心と体がやせ細っていきますよ。

私は私と思えるようになるためには、まず、嫌なことはしないと決めればいい。イエス、ノーをはっきりする。これも大事です。日本人は「嫌です」とはっきり言えない人が多いですね。でも曖昧なことを言っていると、相手は「納得しているんだ」と誤解し、物ごとが望むものとは違う方向に転がってしまうことが多いですよ。

ノーと言うのは、ちょっと勇気がいりますが、結果的には無理をしないでいられる状況になる。私はこれを好きなのか、嫌いなのか。やりたいのか、やりたくないのか。そこを基準にして物ごとを考えれば、ことは簡単です。あまり身勝手な人間も困りますが、いい意味で自分中心に考えたほうが、楽に生きられるはずです。

私は今までわりあいはっきりと、「私は私」という生き方を貫いてきました。その結果、大変な状況に陥ったとしても、人のせいにはしません。私の人生に責任をとるのは私しかいないのですから。それと同時に、何か気に入らないこと、嫌なことがあっても、「私がこんな不幸でいるはずはない」と思うようにしてきました。楽天家と言われればそのとおりかもしれませんが、だからこそ、今まで人生を渡ってくることができたのだと思います。

私は私のままでいい。もっと自信をもって。もっと自分を愛して

100パーセントだめな人間なんて、どこにもいません。みんな、それぞれ素敵な美点をもっています。自分のどこに美点があるのか、まずそれを探してみたらどうでしょう。私は顔が大きいけれど心も広いとか、スタイルはよくないけど料理では友達に負けないとか、なんでもいいから自分のいいところ、得意なことを見つけて自信をもってみる。ささやかなことでいいんです。

自己愛というと、ナルシスト、自己中心的な人間と、ややネガティブな印象を受けるかもしれませんが、自分を愛するのは素晴らしいことです。私は私のままでいいのだ。全世界が私を嫌いでも、私は私が好きだ。そのくらい思わないと、輝くことなんてできません。

この命は、私一人の命。それなのに自分が嫌いになってしまったら、生きている甲斐がないじゃないですか。それどころか、たったひとつしかない命に対して申し訳ない。そう思いませんか?

(一九九九年九月二十二日号)

第6話 プラス思考

自分の機嫌を取る方法を知っていますか

私は「今」しか考えません

昨日、歯医者さんに行こうとして車を降りたら、気分が悪くなったんですよ。私は糖尿病で、血糖値を下げるお薬を飲んでいますが、朝ごはんをちゃんと食べずに服用したものだから、効きすぎて低血糖になったかと思いました。内科のお医者さんに行ったら「低血糖なんかじゃなくて、過労ですよ」って。

考えてみたら、その前々日は朝7時に寂庵を出て九州に行き、井上光晴さんの文学碑を見て2時間近く講演をし、日帰りで夜9時過ぎに京都へ戻ってきていた。その日帰り旅行をするために、前夜は『寂庵だより』の原稿を徹夜で書いて、結局、寝ていないんですよ。そりゃあ、体調も崩しますよね。「疲れを自覚できないということが、れっきとした老化現象です」とお医者さんに言われて、「あっそうか」と妙に納得しましたよ（笑）。やっぱり体がついていかないことは認めます。昔は一晩徹夜したら原稿用紙50枚は書けたけれど、今はそうはいかないもの。

東京でかかっているお医者さんには「ストレス性の糖尿病」だと言われますが、自分ではストレスを感じるほど仕事をしているとは思っていません。確かに仕事はずっと重なってきますが、つらくはない。私は「今」しか考えないですからね。目の前にしなければならないことがあれば、それに一生懸命になる――禅宗の言葉でこれを「而今《じこん》」と言います。つまり「我ここに於《お》いて切なり」ね。そうしていると、済んだことやこれからのことを、あれこれ思い悩んだり憂えたりしている暇はないですよ。とにかく、今この時を懸命に生きる。それが生き方上手ではないでしょうか。

新しいことに挑戦する時は、自分にプラス暗示をかける

私はわりあいがんばる性質《たち》ですから、若い時から無我夢中で今を過ごしてきた気がします。だけどその中身は、51歳で出家してからちょっと違ってきました。〝あなた任せ〟になったの。それまでは「自分が、自分が」と、自分の才能と努力によって人生を切り拓こ

うとしていました。でも、そんなことをしたってダメな時はダメ、人生はなるようにしかならない。自分の持てる力で一生懸命やった後は、流れに委ねるということです。「あなた」は私の場合は、仏さまです。

もちろん、行き当たりばったりでは立ち行かないこともあるから、将来を考えることもあります。そういう時は不安に思うのではなく、ああしよう、こうしようと積極的に楽しく考える。新しいことに挑戦する時、私は必ず「これは成功する」と自分にプラス暗示をかけます。

心が波立つことはないのか、落ち込むことはないのかと言われるけど、この頃はないわねぇ……。そりゃ、昔はありました。色気のあった時はね（笑）。もちろん、今でも腹は立ちます。世の中次々いろいろ起きるでしょう。そのたびに怒りは湧きますが、それは公憤。年のせいか、私憤はないんです。

つらい時には、視点を変えてラクになろう

先日、1日に9人もの身の上相談を受けました。終わっても終わっても、まだ人が来る。しかも重い内容の相談ばかりで、さすがに私もくたびれて、もう結構と思いました。でも、

遠くから来てずっと待っているんですから、そのまま帰してはかわいそうでしょう。

もっとも、私は聴くだけです。「夫が浮気して腹が立つ」と相談されて、「じゃあ、別れなさい」と言おうものなら大変、バーッと反撃してきます。ですから、そんなことは言わずに「でも、良い時もあったでしょう?」と訊くと、「昔は1日に3回もラブレターを寄こしました」なんてのろける。要するに聴いてもらいたいのね。

その際、こちらが上の空で「終わったら、あの原稿を見なきゃ」なんて考えていると、いつまでたっても腰を上げてもらえません。あぁ私の悩みに共感してくれているんだ、と相手が思えるほど、懸命に耳を傾けないとだめです。そうやってこちらが本気になると、「ありがとうございました」「楽になりました」とすっきりして帰っていきます。法話や写経に参加する人も同じで、来た時は暗い顔をしていたのが、皆さん、帰りはいい顔になっていますよ。

毎日たくさん届く手紙も、返事は書けなくても「読んだ」というテレパシーは通じる気がしますから、移動中の新幹線や乗り物に持ち込んで全部読みます。中には、ほっとけないなという手紙もあって、そういう時は電話をかける。今にも死ぬようなことが書いてあっても、私が電話すると「あっ、本物の瀬戸内先生ですか⁉」と、えらいウキウキした声で応じてくる。(笑)

結局、身の上相談と一緒で、ただ聴いてもらいたい、読んでもらいたいのね。手紙の最後に「この長い手紙を最後まで読んでくださってありがとうございました。胸がスーッと軽くなりました」と書かれてあって、「よう言うよ」と思うこともありますが（笑）、誰かに聴いてもらったり読んでもらったりすると、気が晴れます。

そういう相手がいなければ、書くだけでもいい。寂庵で文学塾をしていた時、結婚している人には、姑の悪口を書け、亭主の悪口を書けと勧めました。そうしたら、書くわ書くわ。（笑）

つらい時はちょっと視点を変えてみることね。実は私もそれで助けられました。天台寺の法話の会には、5000〜6000人、多い時は1万人もの人が訪れます。

かつて、こんなにもたくさんの人々にこの小さな体からパワーが吸い取られていると、グッタリしたことがありました。とても疲れていたのね。義務感から、仕方がないと思って仕事をこなしていましたが、ちっとも楽しくなくて。

その時に、人に「視点を変えなさい」と言っているんだから、自分もそうしなければと思ったんです。パワーを吸い取られていると思うからしんどい、反対に、この体にパワーを注入してもらっていると考えればいいんだ、と。そうしたら、サーッと気分がよくなって、とても元気になりました。

視点を変えることはそんなに難しいことではありません。「姑が嫌い」という人に、「その姑がこの世にいなければ、あなたの好きな亭主は生まれていないのよ」と言えば、「あっ、そうか」という顔をする。姑のほうは「息子は好きだけど嫁は嫌い」と言うから、「あなたが産み育てた子でしょ。あんな嫁しか来手がなかったんだから、あなたの責任よ」と話すと「そりゃそうだ」となります。

自分の気持ちが満たされて初めて、相手に優しくできる

自分の機嫌を取る方法を持っていることも大切です。私の場合、くたびれたり腹が立ったりする時は、お酒を飲むのが一番。おいしいものを食べるのもいいわね。血糖値が上がるからって、どちらもドクターストップがかかっているけど、ちょっと癪に障るから（笑）、時々は「もう死んでもいいわ」と思って、近所の飲み屋で飲んだりしています。

他に気分転換と言えば、きれいな包装紙を取っておいて小さな袋を貼ったり、通販で買った万華鏡を覗いたり。実は通販が好きで、カタログを見るのが楽しくて仕方がない（笑）。昔から、原稿を書かなきゃいけないのに乗らないという時は、水晶や大理石など、37個のさまざまな石の玉を並べるフランスのゲームをよくやります。最後に玉が1個残ればいい

んですが、これが案外難しいのよ。

この頃は時間がなくてできませんが、石仏彫りや土仏作りも、無心になれるのがいいわね。そして、何をするわけでもないけれど、夜、部屋で一人過ごす時間も大事にしています。何しろ昼間は大勢の人に会いますから。

自分の機嫌を取りたい時、女の人はエステに行くのもいい。全身の手入れをしてもらってきれいになれば、誰だって気分がよくなりますからね。そうすると、帰りに洋服でも買おうかという気持ちになって、買えばまた気分がよくなるでしょう。

とにかく、自分のために贅沢をすること。特に介護をしている人は、1ヵ月に1回くらい、誰かに交代してもらって外に出なくては、変になってしまう。映画を観に行く、おいしいものを食べる、買い物をする、何でもいいんです。自分の気持ちが満たされて初めて、他人に対して優しい気持ちになれる。介護者のケアが大切なんです。

よく「人づき合いがストレスになる」と聞きますが、袋小路に入らないためには、想像力も必要です。こちらが「あの人、イヤだな」と思っている時は、相手もそう思っています。「他は己ならず」と言うように、他人は自分と一緒じゃないから、「私が私を思うのと同じように、あなたも私のことを思ってほしい」と言っても、それは無理。相手の立場も認めてあげないとね。相手が何をしてほしいのか、それを想像する力がなければ、人づき合いは難しいものになってしまいます。

だいたいこの頃の人は、自分本位に過ぎます。自分の気に入らないことは許せない。でもね、人間なんてみんな許されて生かされているんだから、相手のことも許さなくちゃ。たとえ自分のほうが正義であったとしても、あまり相手を追いつめてはいけません。追いつめられて逃げ道がなくなった人間は、「窮鼠猫を噛む」になりかねません。

現世なんて一瞬。サンドイッチのハムより薄いから

世の中は、良いことをしたから良い目に遭うというわけではないし、悪い人が得をすることだってあります。洪水、地震、津波など思いもかけない自然災害が、また起きるかもしれない。一寸先は本当に闇なんです。

私たち人間には明日のことは予測できない。何が起きるかわからないのです。それを、仏教では「無常」と言います。そういう世の中で、現象にいちいちとらわれていてはノイローゼになってしまう。起こってしまったことはもう仕方がないのです。

今、私たちはこの世、つまり「現世」に生きています。前世は「過去世」と言って無限で、死ぬとやはり無限のあの世、「来世」があります。これを仏教では三世の思想と言い

ます。

無限の過去世と無限の来世に挟まれた現世は、たかだか100年。たいていの人間は80歳くらいで死ぬと思えば、現世なんてほんの一瞬、サンドイッチのハムよりも薄い。その中で私たちは右往左往して、つらいとか苦しいとかお金がないとか、失恋だ離婚だと騒いでいるわけです。

お釈迦様は「生老病死」を四苦とおっしゃいました。生きるのも老いるのも、病気も死も苦しみだと。けれども、私自身は死ぬのはちっとも怖くない。それは来世を信じているからなのです。


（二〇〇五年四月七日号）

第7話　男と女、夫婦　対談　梅原　猛

女を輝かせる男とは

惚れたら最後、女は計算しない

瀬戸内　お元気そうですね。つやつやしてらっしゃる。

梅原　今、仕事が面白くてしょうがない。体調もいいし、女の人にモテてな。恋人にするなら一人を選ばなくてはいけないけど、見ているだけだから、たくさんいるほうがいい。ハハハ。

瀬戸内　梅原さんにそんな勇気はないの。安全パイだから、老いも若きも近づいてくる。突如として、うーっと襲ってごらんなさい。彼女たちの本音が出るから。（笑）

梅原　この話は、もうやめよう。（笑）

瀬戸内　でも仕事ができるのは情熱が燃えてるということだから、若くなるんです。

梅原　それは女性に対する情熱と似ているんですよ。高揚期にいい作品が生まれる。

瀬戸内　梅原さんは歴史的にいろいろ調べていらっしゃるでしょう。こんな女がいて、こう変わったという話を聞かせてください。

梅原　瀬戸内さんのお書きになった『源氏物語』の話をしましょう。今までは光源氏を主人公にしたラブストーリーと捉えられていたんですが、瀬戸内さんの見方は、作品の中の女性たちが出家することによって、今まで自分を苦しめてきた男より精神的により高いところに立って、そこから男を眺められるようになったという……女性の出家の物語として捉えたところが、素晴らしいと思うんです。それは瀬戸内さんが出家したからわかったんですね。

瀬戸内　おそれいります。あの時代に『源氏物語』のような素晴らしいものを女性が書いているでしょう。紫式部も清少納言も和泉式部も女房だった。女房は今で言えば女官、女が自由に働けない時代に、お勤めして給料をもらっていた唯一のキャリアウーマンだったわけです。

梅原　ああ、そうね。

瀬戸内　平安時代にも、３６５日男を惹きつけておきたいという意志を表現する女もいれば、紫式部のような職業作家の原点もある。だから女の才能もバラエティに富んでいます。

梅原　日本の社会は中国の社会と較べて女が活躍していると思うんですよ。奈良時代、政治を動かしていたのは女性だといえます。この時代、3分の2は女帝が天皇、あるいは上皇という最高権力者になっています。推古天皇、斉明天皇、持統天皇、元明天皇、元正天皇というように。そして孝謙天皇。これは可愛い女性だと思う。道鏡に惚れてね。また道鏡が素晴らしい男だった。空海に匹敵するような学があって、徳の高い坊さんだった。でも空海のときは天皇が男だったからよかったけど、道鏡のときは不幸にして女帝だったから、「皇位も全部あげるわよー」って。

瀬戸内　女は、惚れると何でもあげたくなる。気前がいい。

梅原　日本の国を全部あげるというのだから、これは素晴らしい恋ですよ。奈良時代は女性が政治的に活躍し、平安時代は文学で活躍した。平安時代、男たちが何をやっていたかというと、どうやって権力を取るかということと、女漁り。

瀬戸内　男は肩書きがつかないと偉く見えない。こっちの娘のほうが好きだけど、あっちの娘はお父さんに権力と財力があるとかいう計算がパッと働く。女はそもそも、そういう立場に置いてもらえないから、恋なら恋、文学なら文学だけに夢中になれる。惚れたら最後ってとこがある。

梅原　それは、あなた自身のことを言ってる。(爆笑)

瀬戸内　私だけじゃないわよ。だいたい、女がそうなの。最近よく聞くんですけど、大学で1番から10番までは女なんですって。入社試験をしても上位は全部女。それでは困るから、ほんとは10番くらいの男を3番くらいに持ってきて、バランスを取っているって。女は真面目に勉強はするけれども、遠くが見えないのね。一方で、男はぼやーんとしているようでも、遠くが見えている。政治とか学問は、遠くが見えていないと。その訓練ができていないから、男の優秀なのが支えてないとダメなの。

梅原　奈良時代は女性が政治で活躍したけど、そこには必ず、遠くを見て政治の仕方を決める男がついているんです。推古天皇なら聖徳太子、元明、元正天皇なら藤原不比等《ふじわらのふひと》というようにね。大学でも女性は男よりはるかに成績はいい。けれども、難題がいくつもあって、行き詰まるのが当たり前で、女はそこで逃げるんですね。恋をしたり、結婚したりして。

瀬戸内　学者も、男性と伍して、という人は少ない。データを調べたりするのはいいけど、学問って調べたところで考えが飛躍しなくてはいけない。そこに新しい発見があるけれど、それが女にはできにくい。政治もそうだと思いますね。もっと女の社会になるべきだし、女が活躍すると思うけど、ちょっと不安。

梅原　大学でも女性の教師が増えるべきだと思う。それだけの能力はあるんだから。

おだててくれたら、女はもっと頑張るのに

瀬戸内　まかせてくれれば、女も頑張るんだけど、男がまかせてくれないところもあるわね。女がちょっと出ると、すぐに足を引っ張る。女に本当の力がついていないから引っ張られるのかもしれないけど。

梅原　男のほうも自信のない人ほど女性差別すると、僕は思っています。

瀬戸内　男が女をおだてて「ああ、お前はすごい。才能あるなあ」なんて言ったら、女なんて単純だから一生懸命働くのに。それで女を働かせて、うんと金儲けさせて、くたびれ果てて死んだら、その財産をもらって若い女と再婚すればいい。それが一番賢い方法だって、男たちに勧めてるんですけど、誰もやらない。（笑）

梅原　男はすぐセックスの関係を求める。それが女性を活躍させない理由だと思うね。本当に好きで親しくしていても、その人の人格を認めて活躍させる余地を作ってあげることが大事です。

瀬戸内　これは男の職業とか、これは女の職業といって分けるのは、もう古いのね。もっと自由にやったほうがいい。

梅原　日本はやっぱり村社会でね。村の目を気にしているところでは、自由な人間が育たないんです。

みんな甘えています。人間はそもそも孤独なもの

瀬戸内　一方で、家族制度はつぶれましたね。核家族がいいなんて言って、みんな年寄りを追い出してしまったでしょ。

梅原　私は、昔風の家長に全部押さえつけられている家族はないほうがいいと思うんですよ。でも、やっぱり最後は家族というところに落ち着く気がするな。子孫を生産する単位ですからね。昔風の、親に従え、夫に従え、子に従えというような女性像はいらないけど、新しい家族のあり方を、改めて考え直すべきじゃないかなあ。私は家族を犠牲にして生きているから（笑）、大きいことは言えないけど。

瀬戸内　愛でやっている分にはいいけど、やらされていると思うと不平不満ができるでしょ。夫は外でボロボロになるまで働いて、帰ってきてもセックスもしてくれない。子供もある程度成長したら、お母さんはうるさいと言って出ていく。家庭というものがないんです。それで専業主婦は虚しさを感じて「いったい私はなんのために生きてきたの」と私の

所へ悩みを言ってくる。

梅原　ああ、そう。

瀬戸内　人間は生まれたときから孤独なんですから。どうしてあんなに甘えるんだろうと思うのね。孤独だから人を愛するし、肌を温め合って子供を産みます。だけど根本は孤独なんだから。子供が大きくなって出ていくのは当たり前。亭主だって、40年も同じ女房を愛するのは至難の業。

梅原　人間は変わっていくものだから。

瀬戸内　結婚前は1日に3通もラブレターが来たんですって、それをカステラの箱に入れてリボンで結んでしがみついている。人間の心は変わっていくと、女は考えないのね。子供のことも「お母ちゃーん」とすがってきた頃のことだけ覚えていて、成長し、変化したことを認めたがらない。

核家族の終着地、「孤独」に耐える力をつけよう

梅原　孤独を楽しめる人間はそれだけで偉いんです。ものを考えたり、本を読んだり、全部ひとりでやる。でも今の日本人はひとりで生きていく自信がないんだな。いつも集団を

頼りにしている。

瀬戸内　自分は核家族を求めておいて、それでみんなが出ていった、孤独だってあわてる。腹が据わっていない。

梅原　学者というのは、どれだけ孤独に耐えられるかというのが重要な条件なんです。自分の新しい学説を出すというのは、まわりを全部敵にすることだから。味方をしてくれる人はいないんだ。そこで孤独に闘って勝てる勇気を持たない限りは、独創的な説を出すことができないんですね。だから、孤独に耐えられるということは、男でも女でも一番重要なんじゃないかな。

男と女、どんな結びつきでもいい

瀬戸内　男も覚悟が足りない。妻に先に死なれたダンナほどみじめなものはないです。今後、家族制度はもっと崩壊すると思いますね。女がみんな仕事をするようになって、結婚の形態も変わるでしょう。ただ、結婚しなくても、男はいたほうがいい。会社でいじめられたり、腹が立ったりすることもあるけど、そんなとき愚痴を言える男がいて、そんなこと社会ではいくらでもある、ほっとけ、とか言ってくれるとホッとするでしょう。

梅原　話すだけで慰めになる。男がちゃんと聞いていなくても。

瀬戸内　男が役に立つのは、話を聞いてくれるときだけですよ。ほんとは聞いていないのかもしれないけど、そういう相手がいるのと、ひとりもいないのとでは違います。

梅原　男と女の結びつきには、いろんな形があるんですよ。しょっちゅうセックスしているのもあるし、たまにするのもあるし、なしのもあるし。セックスレスでも深い結びつきもある。

瀬戸内　ただ、男に騙されたとか、詐欺にあったとか言って泣きごとを言ってほしくない。騙された自分がアホだったと思うべきです。人のせいにするのは情けない。

梅原　それは男性に対しても言えます。今の教育で育った人には知恵がない。だから失敗するんです。昔だったら、ケンカしたり、恋をして失恋したりして、知恵がついてくる。ただ女性は、本能的に人間の価値を感じ取るところがあります。政治家でも女性に人気がない人は落選するし、女性が買わない本は売れない。宗教家も、法然でも誰でも女性に人気があるのです。環境問題にしても女性のほうがずっと敏感ですね。

瀬戸内　生活に直接ひびきますから、肌で感じます。

梅原　このままで人間はやっていけるのかしらという強い不安感がある。生き物として正しい感覚ですよ。男は観念に騙されてるから、肉体の要求する不安を感じない。女性のほうが本質的なものをつかむ能力を持っていると思うな。

瀬戸内　やっぱり女は子供を産むから。自分の産んだ子がこの世で果たして生きていけるのか、これだけ破壊されて。そういうことを本能的に感じますよ。この子を守らなければって。

梅原　子供を可愛がることから、自分以外のものに対する愛が生まれるんです。これは生物の本能だし、その愛でずっと人間は育ってきたんですからね。

瀬戸内　そういうものを大切にしながら、人がどう思おうと私はこれが好きということを自信を持ってやればいいんです。その代わり、自分のすることにはきちんと責任を持つ覚悟がいります。

（二〇〇〇年一月二十二日・二月七日合併特大号）

梅原　猛（うめはら・たけし）　哲学者

1925年生まれ。日本仏教を中心において、日本の精神性を研究する。文学、歴史、宗教に次々と大胆な仮説を提起して、日本文化論を展開。2019年1月に93歳で没。

第8話 切に生きる

幸福になるための努力を惜しみなく

なぜ出家したか。その答えは出ていない

51歳の時に出家してから、なぜ出家したかということをもう何千回、何万回と人に聞かれております。しかし、それに対する答えを出すことができません。なぜかというと、出家とは非常に神秘的なものだからです。男に振られたとか、愛する人を亡くした、あるいはかわいい子供に先立たれたといった、現実的なこの世の苦しみをきっかけに出家をしても長く続きません。なにか不思議で神秘的な力に促されて出家すると、その人は長く続くんです。

私は出家を決める少し前から、なんとなく「このまま書き続けていれば、小説家としてやっていけるかもしれないけれど、今以上の小説は書けなくなるんじゃないか」と考えて

いました。また、世の中が非常に不穏になってきているとも感じていた。芥川龍之介が自殺する前に、漠とした不安を抱いたと言っていますが、私も気取って言えば、そういう漠とした不安を世間から感じていたのです。そういうことを考え考えしているうちに、やはり今とは別の生き方をしたいと思いました。別の生き方とはなにかと考え詰めたときに、出家という道が浮かび上がったのです。

出家をして小説を書かなくなるということは一度も考えませんでした。昔から、日本の文学者には普通に生活をしていて、あるとき突然出家をし、それでもなお和歌を作ったり、随筆を書いたり、文学を続けた人たちがたくさんいます。たとえば西行法師とか兼好法師がすぐ頭に浮かびますよね。出家をしてものを書くということは、日本の文学者の伝統のひとつでもあったわけです。

しかし、そのときまだ51歳で、いわゆる流行作家という立場におりましたので、世間がびっくりしてしまったんですね。出家後、私は追っかけまわされて、大変なことになりました。

最近では、あまりに多くの方から理由を聞かれ、何と言っても納得してくれないので、ちょうど51歳といいますと、更年期に当たっております。私は健康で、特有の苦しさを一度も感じたことがないのですが、「更年期のヒステリーで出家したんじゃない？」と言いますと、多くの人がはじめて納得してくれるようになりました。

これは一時の言い逃れにすぎないのですけれども、その後もずっと小説を書き続けているのは、なぜ出家したのかを自分自身に問う、答えを出すためと言ってもいいと思います。なにか、大いなるものに首根っこをつかまれて、ぐいぐいと「こっちへ来い」というふうに引っ張られた、そういう感じを受けました。そして、それが本当の出家の原因であり、原動力であったと思います。

可能性の芽に人生を賭けた末の虚しさ

出家してどう変わったか、とよく聞かれます。出家する前までは、人間が生きるということは、生まれたときに先祖から、あるいはなにかからいただいた、自分の中にある可能性の芽を引き出して、水をやり、肥料をやり、育てていって、可能性の大輪の花を咲かせることだと感じておりました。私の可能性の芽はなにかを考え、ものを書くという才能に賭けることにしたのです。そして、そのためにあらゆるもの、たとえば穏やかだった家庭や優しかった夫、まだ「お母さん出ていってはいや」という言葉も言えない小さな子供を捨てて、小説家になる道を選び、突っ走ってきました。自分の思いを果たしたのです。

しかし、欲しかったものを全部手に入れたときに、虚しい感じがしました。家庭を捨て、夫を捨て、子供を捨て、そして選んだこの道の行き着く果てに、こういう虚しさが待っているとは、思いもかけないことでショックでした。

そしてわかったのは、私の才能は、大したものじゃないということ。また、私の憧れていた文学と、自分の書いた文学の大きな差を感じました。私は世界に通用する文学者になりたかったのです。しかし自分の文学がそれほどの値打ちがあるとは思いませんでした。自分の才能の可能性を引き出して、大輪の花を咲かせるということを人生の目的にしていましたけれども、そうではないということに気がついたのです。

ところが出家してから、出家する以前よりもたくさん仕事をするようになりました。ただひたすら書きに書いて、それから40年も生きてきたのです。出家後の年月と、出家前の小説家としての年月を比べますと、出家したあとのほうが、自分で納得のいく仕事ができています。

しかし、出家前もあとも私の文学に対する心構えは変わっておりません。私という人間は一人ですから、そんなに変わるはずもないのです。

他人のためが自分のためになる「忘己利他」の教え

出家するということは、自分を無にして人のために奉仕する義務を負うということでもあります。天台宗を開かれた宗祖の最澄《さいちょう》伝教大師《でんぎょうだいし》さまが、〝忘己利他〟ということを教えていらっしゃいます。「己を忘れ、他を利するは慈悲の極みなり」という意味です。これが仏教の根本だと思います。お釈迦様の教えの根本も、自分のことはさておいて、とにかく、他の苦しんでいる人、悩んでいる人、病気の人、そういう人たちに奉仕すること、その人たちが幸せになるようになにか尽くしてあげること。それが仏教の根本だ、僧侶の生きる道だ、というふうに私は考えました。

自分のためだけに小説を書いておりましたけれども、出家させていただいた御恩返しに、なにか奉仕しなければと考えました。出家する前は、自分の才能を開ききるために生きておりました。しかし出家以後は、自分以外の人たちに尽くさなくてはならないという心境で生きています。

幸せになるためのあらゆる努力を

大変な悲しみや苦しみを抱え、今日どうしようか、明日どうしようかと悩んでいる方もいらっしゃると思います。それでも、人間は生まれた以上幸福になる権利があるのですから、自分を幸福にするためにあらゆる努力をしていただきたいのです。

人間が幸福になるということは、今一緒に生きている地球のすべての人たちが食べるに困らず、子供は学校に行けて、勉強ができる。そして、戦争がない、難民が出ない世界になってこそ、はじめて私たちは幸せと言えるのではないでしょうか。

だから、幸福というものを個人的なものではなく、もっと大きな目で考えていただきたいと思います。自分だけが幸せでもしょうがないということですね。サルトルは「世界にひとりでも飢えた子供がいれば、自分の文学は役に立たない」と言っておりますが、本当に私たちが生きて、なにかをしているということは、誰か自分以外の人のためになる生き方をするということだと思います。

あなたは、誰かを幸せにするために生まれてきた

もしも子供が「産んでくれと頼んだ覚えはないのに、こんな嫌な世の中に生まれた」「なんのために産んだんだ」と親を責めたら、母親はひるまず、「人のために尽くせる人間になるように、この世に生まれたんだ」と言ってください。「自分以外の誰かを幸福にするために生まれてきたのよ」と、自信を持って言っていただきたいのです。

あなたの存在によって、あなた以外の誰かの心があたたかくなる、あるいは頼もしいと思ってくれる――。そういうことが、人間の存在価値、アイデンティティなのではないでしょうか。

〈二〇〇三年三月二十二日号特別付録ＣＤ〈語りおろしエッセイ〉を再構成〉

第三章——人生を変える3つの対話

対話1 ■ 横尾忠則

「あの世」と「この世」はつながっています

――もうひとつの世界

瀬戸内 この夏に刊行された『ぶるうらんど 横尾忠則幻想小説集』、とてもよかったですよ。幻想小説集と銘打ったのは、日本で初めてじゃないかしらね。実は、横尾さんに初めて小説を書かせたのはこの私だから、とても嬉しい。まだ20代だった横尾さんに初めて会った時、お義母さんの話をしてくれましたね。横尾さんは生まれてすぐ横尾家へ養子に入られたのだけど、養父母に大変かわいがられた。そのお優しかったお義母さんが亡くなったあと、箪笥の中から極彩色の秘戯図が出てきたという話。「おとなしい地味な人だったんです。でも、あの世代の人は嫁入りにああいうものを持ってきたのでしょうね」と横尾さんが淡々とおっしゃるのを聞き、お義母さんに対する熱い愛情を感じました。そしてこの人はいい作家になれると思った。私には、まだ小説を書いていない人の才能を発見する特殊技能があるんです。横尾さん、高橋源一郎さん、井上荒野さん、江國香織さん。私の見込んだ人、全部モノになっていますよ。

横尾　あれ以来、二度と小説は書くまいと思っていたのですけど……、表題作の「ぶるうらんど」の第一部は、1日で仕上げました。よく知っている『文藝春秋』の編集者が『文學界』に異動になり、挨拶に来られたんです。そして、『文學界』に小説を書けと言う。その時は「とんでもない！」と断ってそのまま別れましたが、気になってね。ちょっとやってみようかなと思い、翌朝早くからアトリエで書き出しました。すると面白くなって、どんどん筆が進み、夕方までにはでき上がった。こっそり彼に送ったら、「前から書いていたんですか？」とびっくりされましたよ。

瀬戸内　横尾さんは起承転結をきっちり決めて書くタイプじゃないでしょう。私もそうです。普通はノート1冊分ぐらい構想をまとめてから書き出すのね。私は一切しません。だから若い人に馬鹿にされる。（笑）

横尾　書き上げて、最初に瀬戸内さんに読んでいただきました。そうしたら、「タイトルはひらがながいいわよ」と言われたので、「ぶるうらんど」。がんで死んだ作家が7年間も暗黒の世界でさまよった末、あの世へ先に行った妻に見つけてもらうのです。あの世の環境はこの世と変わりないという設定ですが、それは僕がもともと、現実も非現実も差がないと思っているから。

瀬戸内　哲学者の梅原猛さんもそう言っていた。たとえば、襟が右合わせか左合わせか、その程度の差しかないって。

横尾　僕は、物質的世界＝この世だけが現実世界ではないという思いがある。リアリティの領域を拡大していけば、もうひとつの分離したリアリティの世界があるという感覚なのです。

瀬戸内　だから、横尾さんじゃないと書けない小説になるのですよ。「いいな」と思う小説でも、「これだったら私でも書けるわ」というような作品が多いけれど、「ぶるうらんど」は違う。再会した夫婦がのんびりチャイを飲みながら会話するシーンがありますが、先に死んだ妻のほうが霊性が高くて、夫の前からすっと消えていってしまうのね。

横尾　でも、それで終わりではありません。登場人物は次の階層に行くだけ。この話にはまだ続きがあるのです。

小説の面白さとは

瀬戸内　「あの世」と「この世」については仏教でも研究しているし、私もよく「あの世ってあるのでしょうか」と訊かれます。だけど、死んだことがないからわからない（笑）。横尾さんの小説は、それを書いているところが魅力です。あの世に行ってみたら、「横尾さんの書いた小説にそっくりだな、もしかしたら死んでないのかな」と思うかもしれない。全編にユーモアがあって、私はよく声を出して笑いながら読みましたよ。

横尾　笑いは遊びと結びつく重要なエレメントだと思います。絵もそうだけれど、文章の書き手が先に笑ってしまってはダメでしょう。

瀬戸内　ええ、笑わせてやろうと狙って書くと面白くなくなります。横尾さんの小説の場合は、自分自身ではわかっていないところに面白さがある。『ポルト・リガトの館』には、画家のダリと妻のガラが出てきますが、ふたりとも死んでいて、本人たちが気づいていないという設定。昔、ダリに会いに行って、ぞんざいな扱いを受けてすごく怒っていたでしょう？

横尾　スペインに行った時、ダリの家を訪ねて、会えたのはいいのだけれど、ろくに口をきかない。来いって言うから行ったのに、本当につまらなかった。じゃ帰ると言うと「まあまあ」と押しとどめられる。そんな滅多に経験できないダリと夫人のガラが死んでいるのに、気づかないという話を小説にしたんです。

瀬戸内　絵画の世界では早くからシュルレアリスムがあったけれど、文学ではなかったでしょう。横尾さんの小説は日本の元祖よ。そういう自覚はない？

横尾　僕自身は、日本文学の文脈があまりない、絵画的文脈で書きました。

瀬戸内　いまだかつてないと思って書いたわけじゃないのが、またおかしいわね。だからシュールになるんじゃないかしら。

横尾　ほかの話も、そう言われればなんとなくシュルレアリスム風のシチュエーションではありますが……、僕は文学者じゃないので、文学に挑戦しようなんてまったく思っていませんからね。

瀬戸内　絵を描くように小説も書いてしまうのね。『ぶるうらんど』と『ポルト・リガトの館』の2冊を出したあとで「小説はもうやめる」っていうから「どうして？」と訊いたら、「面白すぎて、絵を描く時間がなくなる」と。惜しいけれど、あなたは絵描きだから諦めました。しかたがないわね。

横尾　小説は、自分でどんどんストーリーを作れるのが楽しかったです。

瀬戸内　私もそう。書いているうちに人物が動き出す。長編などは全部そう。初めから「こういう小説を書こう」と予定しているわけじゃない、でまかせよ（笑）。横尾さんに挿絵を描いてもらった作品も、書いているうちにどんどん面白くなりました。人物が動き始めるから、それを追いかけていけばいい。私は伝記小説をたくさん書いていますが、書きたいというよりも、書かざるをえない状況になるのです。こういう資料がほしいと思うと出てくるしね。伝記小説を書いた人は、必ず同じ思いをしています。やっぱり死者には魂があるのではないでしょうか。無意識から無意識へのコンタクトを感じることがあります。

横尾　僕は先日、『日本の作家２２２』という画集を完成させ、それにあわせて個展を開きました。物故作家ばかり２２２人の肖像画シリーズですが、描く時にはあえて対象への想いは断ち切ったのです。なかには僕自身交流のあった方もいて、その人への想いが強すぎるとおかしな作品になるから。瀬戸内さんの作品にも、たくさんの物故者との交流を書いた『奇縁まんだら』という随想集がありますね。挿絵を僕が担当し、肖像画を描きましたが、刑死した人の絵は小さくして、とにかく素早く短時間で描いた。なのに瀬戸内さんは、生きている人を書くように死者を描写している。作家とは業を踏んでいく職業だと思いましたねぇ。僕なんか、もうかなわないから、さっさと。（笑）

瀬戸内　そういう意味では、伝記小説は、自分一人で書いているわけじゃないということは確かです。

夢は生と死の中間

横尾　僕は死後の世界について、一概にこういうものだと定義はできないと思っているのです。個人がいかに生を生きてきたか、その結果が死後の世界につながると考えているから。瀬戸内さんの死後の世界観と僕のそれとは違う。死んでみないとわからないし、死後の世界があると期待はするけれど、逆にないとおかしいというふうには思います。あって当然じゃないかな。

瀬戸内　私が会ったこともない死者のことを書くのも、その人の魂が生きているからじゃないですか？　魂が残るというのかな。魂は死なないのではないかと思うのです。古典文学にもさまざまな霊が出現します。

横尾　東日本大震災の被災地で、亡くなった方の幽霊が出るという話を聞きますね。小説家の中には、現代の『遠野物語』（柳田國男著。明治三陸大津波後の死者の話が出てくる）を書こうとしている人もいる。我々の心は本能的、霊的な部分と深いかかわりを持っていると思います。

瀬戸内　私もよく、東日本大震災の犠牲者の霊が現れたという話を聞きます。向こうが会いたいから出てくるんじゃない？

横尾　母が亡くなってしばらく経った時、朝目覚めると隣に母が寝ていたことがありました。すごく写実的に。つい「南無阿弥陀仏」と唱えたらすうっと消えてくれましたけれど。その後にも、まったく知らない人の霊を見たことが何度もあります。外国でも見ています。

瀬戸内　あなた、死者の夢もよく見るわよね。三島由紀夫さんとか。

横尾　三島さんの夢は今でも見ます。初めの頃は、また切腹を始めようとする夢（笑）。夢というのは生と死の中間に位置しているように思います。だから死者に会ったって不思議じゃない。

いくつになっても革命を

瀬戸内　ところで、私たちは出会ってからもう50年近くになるのだけれど、横尾さんは変わらないねぇ。私は男女の間に友情は成り立たないという考えでしたが、横尾さんとは家族ぐるみでずっと仲良くしています。

横尾　瀬戸内さんこそ、本当にお若いだけじゃなく元気。僕は瀬戸内さんを「死者友」だ

と思っているんですよ。瀬戸内さんは51歳で出家された。出家とは生きながら死ぬことですね。そして僕はかつて3人の霊能者から「50歳で死ぬ」と言われたことがあり、それ以降の27年は死者として生かされていると思ってきました。同じ時期にいったん死んだ僕たちには、肉体寿命を超える創造寿命があって、そのおかげで肉体もなんとか元気でいられると思っています。

瀬戸内　私が若いとすれば、51で一度死んでいるからでしょうね。

横尾　僕は生から死を見ることに、それほど興味がない。自分が死んだと仮定して、死の側から生を描くのが創作だと思うのです。欲望や執着から自由になることを考えれば、自分の肉体のことを考える必要はない。そういうふうに考えて、向こうから現世を見ると芸術的行為には非常にプラスです。

瀬戸内　横尾さんはとにかく変化し続ける人です。グラフィックデザイナーとして世界中で認められていたのに、ある日突然絵を描くと言い出したので、びっくりしました。横尾さんは自分で自分を革命し続けているのね。私は生来飽きっぽくて、平穏な状態が続くと、自分で生活をぶち壊したくなります。子供を置いての出奔に始まり、若い頃は引っ越し魔でしたし、最大の破壊が出家でした。

横尾　僕も飽きっぽいうえに、ないものねだりが始まるんですよね。小説も絵も、とにかく変化の積み重ねだから面白い。四六時中同じことを描いている人もいるけれど、それはその人のアイデンティティ。僕はアイデンティティを複数化していかないとダメなんです。「複数としての自分」をステージに一人ずつ登場させて、お芝居をするように演じさせている。それが結果として変化と多様につながっていくのかと思います。

瀬戸内　私は、さすがに90歳を過ぎると生活を変えようとは思わなくなってきました。ところが今年の春、長年寂庵に勤めてくれていた人たちが一斉に「やめる」と言い出して。彼女たちを養うためにいつまでも私が働き続けるのを見ていられないからと。最初はなんとかとどまってくれるように宥《なだ》めていたのだけど、「これは生活を変えるチャンスだ！」と気づきました。それで、一人の若いスタッフを残し、ほかの方たちは送り出したのです。最近は、いまだかつて自分では開けたことのなかった雨戸を開けたり、食器を洗ったり、ごはんをこしらえたりしています。以前よりも元気になってきましたよ（笑）。人間っていうのは、いくつになっても変われるものですね。

（二〇一三年十一月七日号）

横尾忠則（よこお・ただのり）　美術家
1936年兵庫県生まれ。2001年に紫綬褒章、2011年に旭日小綬章受章。2008年泉鏡花文学賞受賞。2013年に『ぶるうらんど——横尾忠則幻想小説集』（中公文庫）を刊行。

対話2■小保方晴子

小保方さん、あなたは必ず甦ります

——「私、生きなくては」

瀬戸内　今年の1月、あなたの手記『あの日』が発売されて、瞬く間にベストセラーになりました。本の売れないこの時代に、すごいことです。

小保方　私はこの2年間、うつ病の治療で通院する以外はほとんど外出することができず、書店にも一度も行っていなくて、売れたという実感はまったくないのですけれど。

瀬戸内　あなたがされたことは、いじめですよ。公のいじめ。ひどいわね。そういう私も、『あの日』を読み始めた当初はあなたの行為に対する報いで苦しんでいるのかと思っていました。報道を信じて、すべてあなたが企てたことだと思っていたのです。この本を読まなければ、真実を知りえなかったと、ぞっとしました。

小保方　そうですか……、そう言っていただけると本当に嬉しいです。

瀬戸内　あなたを応援する人も世の中にはいることを知らせたかった。どこかに書いたら、届くのではないかと思ったのです。真面目な女性読者がついていて、100年の歴史がある『婦人公論』に書くのが一番だと思いつきました。連載中の「わくわく日より」（2016年4／26号）に掲載されたあなたへの手紙を読んでくれたのね。

小保方　はい。あの騒動から2年以上経って、相変わらず涙は出続けるのですが、それは体の反射として出ているような感じでした。でも、先生からのお手紙を読ませていただいて、まるで心が溶け出したような涙が溢れたのです。

瀬戸内　あれを書いた後、もし叶うならば直接会って話がしたいと編集者を通じて頼みました。私の願いに応えて、よく京都まで来てくれましたね。

小保方　先生からお手紙をいただくまでは、固形物が喉を通らない日も多く、体は弱っていく一方でした。『あの日』もほとんどベッドの中で書きました。でも、先生にお会いするために、私、食べなくちゃいけないと思うようになって。私眠らなきゃいけない、私生きないといけないわ、と思ったのです。体重は4kg戻りました。

信じてくれる人がいれば

瀬戸内　私もかつてひどい目にあったのですよ。1957年、『新潮』に発表した「花芯」を叩かれて。花芯というのは中国語で子宮の意。なのに、「子宮」という文字が多すぎるとか、〝エロ作家〟とか〝子宮作家〟とか、実にくだらないことを言われた。

小保方　私も『あの日』で、「あの日って女の子の日のこと？」なんて言われました。

瀬戸内　ポルノグラフィーだとか、自分の性的な魅力を自慢しているとか、下品な匿名批評が相次ぎました。『新潮』に反駁文を書かせてくれと、新潮社に頼みに行ったのよ。

小保方　先生は、強いですね。

瀬戸内　けれど、齋藤十一編集長に「小説家の暖簾を掲げた以上、小説家らしくしろ」と厳しくたしなめられた。小説家は自分の恥を書き散らして金をもらうのだから、小説がどう読まれようと、何を書かれようと、仕方がないと。悔しくて、「そんなことを書く批評家はインポテンツで、女房は不感症だろう」とほかのところに書いたら、さらに何倍もの怒りを買い、その後5年間干されて文芸誌に書くことができなかった。そういう経験があるから、あなたがどれほどつらかったかがわかるのです。『あの日』を読んで、可哀相で涙が出ました。最初に2回、徹夜で読みましたが、今日お話しするために昨晩また開いたら、面白くて。とうとう最後まで読んでしまった。3回読んだ人なんて、きっといないわよ。

小保方　3回も読んでくださったなんてもったいない限りです。ありがとうございます。私も昨夜、緊張して眠れず、3回目の「花芯」を読みながら朝が来るのを待ちました。

瀬戸内　週刊誌に、不倫関係にあった小説家とのことを書かれたこともあった。その一部は事実ではありましたけど、記事の多くは、私自身の半生として、私のまったく知らない話がまことしやかに書かれているのです。また、取材も受けていないのに、あたかもそう話したように活字にされている。出版社に電話で抗議しましたが、相手にされなかった。マスコミとはそういうものかと、初めてわかりました。作家として実績のない女相手には、言いたい放題なのです。

小保方　痛いほどわかります。

瀬戸内　弱った時に親切にしてくれる人が本当に親切な人です。いい時に集まってきた人は、状況が変わると逃げていく。

小保方　ワーッと来て、ザーッと去っていきました。一生忘れることはないでしょう。先生からお手紙をいただいて、一つわかったのは、先生の年齢まで生きられても、過去のつらい出来事を忘れることはないのだということです。私、忘れようとしていたのですよ。記憶をどこかに捨ててしまいたいと。でも、私はこの記憶とともに生きていくのですね。

瀬戸内　負けたらダメなのよ、上を向いて生きなさい。手鞠を落としたら跳ね返ります。どん底まで落ちたら跳ね返るしかないのです。

小保方　今がどん底だと、言われ続けました。これ以上落ちることはないと。2年間ずっと。

瀬戸内　私は5年間よ。

小保方　先生はその間も、書くことは続けていらしたのですよね。

瀬戸内　それでも書かせてくれる雑誌がありましてね、偉い小説家は書かないようなところ。だからお金には困らなかったけれど、「あんなところに書いているようじゃダメだ」などと言われ、本当につらかった。私はその時、恋人がいたから耐えられた。あなたにも、そういう人がいるといいわね。話を聞いて、信じてくれる人がいれば。でないと耐えられない。頭が変になってしまいます。

小保方　十分、変になりました。

瀬戸内　『あの日』の読者から、応援の手紙やメールがあったでしょう。

小保方　はい。お葉書やメールはすべてありがたく読ませていただいています。「あなたは、この難局を乗り切れば、第二の瀬戸内寂聴になれます」というお手紙もございました。

瀬戸内　あなたに割烹着をくれたおばあちゃんはお元気なの？

小保方　二人の祖母は92歳、87歳で元気です。

瀬戸内　家族はあなたの味方なのでしょう？

小保方　身内には会っていません。こんなに苦しんでいる姿を見せるのは、どれほど親不孝かと……。

瀬戸内　私なんて、幼い娘を置いて夫の家を飛び出した後、父親から徳島の実家には帰ってくるなと言われた。たしかに、家族も恥ずかしい思いをしたのよ。でも、あなたは大丈夫。以前より痩せてはいるけど、みじめな様子ではありませんよ。会ってあげなさい。安心します。

徹夜で書き上げた手記

小保方　この2年間、本当に命が尽きると感じていました。言葉にできない感覚ですが、もう無理だと。

瀬戸内　そうでしょう。何を言っても信じてもらえないのだから。

小保方　朝起きると、よし昼まではどうにか頑張って生きよう。昼になると、どうにか夜までは頑張ろう。夜になると、ああ、また明日が来てしまう……明日の朝までは頑張ってみようか、でももう持たない……その繰り返しだったのです（涙を流し、スタッフからティッシュを渡される）。その間、先生が入院されたというニュースを耳にした時は、早くお元気になりますようにと、お祈りしていました。

瀬戸内　脊椎圧迫骨折で入院していたのです。2回目の入院では、検査で胆のうがんも見つかり、手術も受けて。来月誕生日を迎えると94歳。今夜死んでもおかしくない年齢です。

小保方　不思議なご縁で、尊敬していた方がみな先生のお名前を口にされたのです。私に理化学研究所を退職するように勧めた相澤慎一先生は、「しばらく瀬戸内先生のところで過ごさせてもらうといい」とおっしゃった。また、亡くなった笹井芳樹先生も寂聴先生の『源氏物語』を愛読されていました。先生の本名の晴美と私の晴子は、同じ晴の字ですし。

瀬戸内　そうでしたか。晴がつく人はだいたい明るいんです。晴子さんも本質は明るい。でも、これだけいじめられたらね。マスコミも、初めから悪人としてとりあげていた。実際はしていないことなのだから、冤罪ですよ。「ES細胞」を盗んだと告発され、参考人聴取まで受けて。もちろん嫌疑は晴れて牢屋に入りはしなかったけれど、入ったのと同じじゃない。外に出られないのだから。

小保方　病院以外の外出は本当に久しぶりです。足が震えました。

瀬戸内　今日は雨が降っているから傘で隠れられるわね。

小保方　今日の雨は私にとって恵みの雨。先生に安全に会いに行けるよう、神様が降らせてくれたのかも。

瀬戸内　目に見えない力が背中を押してくれたのでしょう。小説も、自分の力ではない何かが憑《つ》いた時にいいものができる。あなたには才能があるけれど、それだけではない。こんなに厚くて面白くもないのに。だってそうでしょう。ラブシーンがひとつもない。（笑）

小保方　これを書かなかったら、死んでも死にきれない。でもきっと、書き終わったら死んでしまうわ、と思っていました。

瀬戸内　とても冷静に書けたわね。

小保方　出版社の方に提示された執筆期間は3ヵ月と10日ほど。執筆中は、ゴルゴタの丘を登るような気持ちでした。イエス・キリストが十字架を背負って丘を登っていく途中、聖女ヴェロニカが顔の血と汗をぬぐうための布をキリストに差し出したそうです。担当編集者は私にとってヴェロニカのような存在で、倒れたところに、「さあ書くんだ」と、さまざまな質問をなげかけてくるのです。

瀬戸内　ひどい名編集者ね。

小保方　不眠のために睡眠薬が処方されていたのに、３日徹夜で書き続けたことも。

瀬戸内　予想以上の書く力を見て、編集者は売れると思ったはずよ。

小保方　プロにまんまとのせられたのでしょうか。

瀬戸内　だから書けたのですよ。

小保方　心の中でヴェロニカさんと呼んでいました。（笑）

瀬戸内　子供の時から作文はうまかったのでしょう？

小保方　どちらかといえば褒められることが多かったですね。小さい頃は読書が好きで、とくに伝記をたくさん読みました。でも研究をしていた時は、本より科学論文を読むことにできるだけ時間をかけようと。いつか祖母の伝記を書くことが夢でしたが、まさか32歳で自伝のようなものを出すことになるとは。

瀬戸内　あなたには、持って生まれた文才がありますよ。

バトンは繋がれた

小保方　先生は、この本の中に恋愛がないとおっしゃいましたが、私の恋愛対象が研究だったとは思われませんでしたか？

瀬戸内　ええ、思います。

小保方　『あの日』は失恋の物語です。何より愛していたものを失った、失恋の話として私は書きました。

瀬戸内　相手が物も言ってくれないからね。でも、失恋は必ずするんですよ、みんな。また恋愛は生まれます。

小保方　愛した相手が、あまりにも美しく、大きく……。

瀬戸内　ちらっと見たのよね。

小保方　でも、心を許してくれなかった。閉じられてしまいましたね。まさに失恋です。

瀬戸内　ところで、アメリカでお世話になった先生たちも、あなたは馬鹿なことをしたと思っている？

小保方　先生たちは、日本のメディアはクレイジーだと。

瀬戸内　だったらアメリカへ行けばいい。ハーバード大学に留学している時が一番幸せそうだったわね。

小保方　ありがたいことに、海外のまったく面識のない研究者の方々からも応援のお手紙をいただきます。とにかく日本から出なさいと。アメリカやドイツなど、不思議と海外の研究機関からはお誘いのお手紙が来るのです。

瀬戸内　ドイツもいいですね。素敵な男がいたら外国人と結婚したっていい。それで、研究は続けたいの？　今さらしんどい？

小保方　しんどいというか、自分には資格がない気がしているのです。

瀬戸内　資格がないなんてことはない。顕微鏡を覗いたら緑色に光っていた美しいものを、私も見たいと思ったわ。本の中には少ししか出てこないのだけど、非常に強い場面です。あなたの命綱なのよ。あなたたちの説を、引き継ぐ人はいるの？

小保方　最近、私たちが発表したＳＴＡＰという名がついた論文が発表されました。まるですべて握りつぶされたわけではなく、バトンは繋がっていたのだなと思いました。

暴力的な攻撃への恐怖

瀬戸内　『あの日』には、人間関係がよく描かれている。原稿用紙に登場人物の名前を次々書いてみたのよ。聞いてみたかったのは、自殺した笹井さんのこと。ほとんど書かれていない。

小保方　書けなかったですね。

瀬戸内　つらくて書けなかったのでしょう。週刊誌に笹井さんの奥さんのインタビューが出ていて、「小保方さんから連絡はないし、弔電も来ていない」と。知っている?

小保方　知っています。

瀬戸内　でも、できないわよね。葬儀にも行かれませんよ。あなたの筆つきによれば笹井さんは一番豪快で男らしい人。そういう人が案外芯は弱いのです。神経が細い。とても惜しいわね。私の本を読んでいたのなら、一度来てくれたらよかったのに。話を聞いてみたかった。ほかに、書かれた人からは何か反応がありましたか?

小保方　誰からも、何もありません。

瀬戸内　一番困っているのは若山（照彦）さんでしょう。ここまで詳細に書かれたら、言い訳できないのではないかしら。あなたは、死ぬかもしれないという気持ちで書いた。それが強みです。若山さんはあなたを「今まで見た学生の中で一番優秀」と何度もほめちぎっていた。変わるのね、人間って。

小保方　人が変わるのか、もともとそうだったのを見抜けなかったのか。

瀬戸内　非常に小説的な人です。彼が理研から山梨大学に移るときに誘われたそうだけれど、行かなくてよかった。若山さんの奥さんがあなたの手記を「妄想」だと言っているのを週刊誌で読みました。それにしてもこの手記に出てくるのは男ばかりね。

小保方　研究室は男ばかりと誤解されますが、実は女の人が多いのです。研究補助はほと

んど女性で、トップに男性が多いだけで。科学界が男性社会であることを感じなかったわけではありませんが、上に行かない限りは女性の世界でしたので、若輩者の私には無縁なことと思っていました。しかし、思いがけない幸運に恵まれるにつれ……。〝男の嫉妬〟なんて言ったら、また大バッシングを受けそうですが、男性からの攻撃は女性の〝いけず〟とはまったく性質の異なるものです。ものすごく暴力的で、本当に殺されると思いました。

瀬戸内　男は恐ろしいと思ったのね。

人の苦しみに寄り添って

小保方　先生のご著書に、出家を決意されてから、なかなか機が熟さなかったという記述がありましたが、具体的にはどういうことですか。

瀬戸内　48〜49歳の頃には出家を考えていましたが、多忙を極めていて、なかなか準備が整わなかったのです。でも、51歳で出家したら世界が開けました。出家したことを後悔したことは一度もない。

小保方　比叡山での修行では、五体投地三千回をなさったのですよね。

瀬戸内　よく知っていますね。60日間の修行はつらかったけれど、いい経験をした。あなたは小柄なのに、大学時代はラクロス部で頑張っていたそうね。

小保方　へたくそでしたけど。いい友達に恵まれました。

瀬戸内　面白いのは、優秀なのに高校受験では滑り止めにしか入れなかったこと。非常に秀才でも、気が弱いのね。試験の時にあがるのよ。

小保方　全部見抜かれていますね。ラクロス部に入ったのは、弱い自分を強くしたくて、苦手なことに取り組もうと思ったからなのです。

瀬戸内　あなたは世の中のためになることをしたいようですが、自分が不幸にならないと、人の不幸がわからないのよ。こんな目にあったら、たいていの人の苦しさがわかる。いい尼さんになれそうだけど……日本の仏教界も面倒だから、尼さんになるのはおよしなさい。（笑）

小保方　実は私、尊敬する人はと聞かれたら、マザー・テレサと常に答えていて。

瀬戸内　マザー・テレサはすばらしい。私も最も尊敬しています。

小保方　学生時代、マザー・テレサのようなシスターか、先生みたいな尼僧になりたいという思いを抱いていました。

瀬戸内　人を幸福にしたいと、私も子供の時から思っていた。そういうところは似ているのね。

小保方　今、自分は本当に小さな偶然が重なって生かされているのだと感じています。もし、どこかでボタンを掛け違えていなかったら、こんなことにもならなかった。でももう一つでもずれていたら、私はもうこの世にいなかっただろうと。この先は、つらい経験をして、味方がいないと思っている人の気持ちに寄り添えるようでいたい。私には力もなく、何ができるのかわかりませんが、ただ、そういうふうに思っています。

瀬戸内　しなくていい苦労をしましたが、マイナスだけではない。絶対。最近、貧困や虐待など、人に言えない悩みで困っている女性を支援する「若草プロジェクト」をスタートしました。支援の現場で働く専門家の方々の研修の場として寂庵をお貸しするのです。晴子さんも、助けなくてはいけない人の一人ですよ。第1号。本当はこの歳で、そんな難しいことしたくないのよ。酒飲んで寝ていたい（笑）。でも誰かがしなければいけないし、仏教者としての義務だと思っています。一方、小説は快楽。あなたが顕微鏡を覗くことと同じ。晴子さんに会いたいというのは義務ではなく、私の本当の気持ち。

小保方　先生のアガペーですね。先生、もう一度必ず会ってください。

瀬戸内　いつでも、何度でもいらっしゃい。プロジェクトにも堂々と加わってください。私の携帯番号やメールアドレスを教えてあげる。あなたのも教えてね。

小保方　本当ですか。小説の書き方も教えてください。
瀬戸内　この歳になって恋愛なんてしないけど、書くものは色っぽいのよ。掌小説というすごく短い小説を30篇集めて一冊にしました。それを読んだら、すぐにあなたも書きたくなる。一番書きやすいのは手紙体ね。
小保方　手紙体。なるほど。
瀬戸内　私と話をして、いくらか胸が楽になったでしょう。あなたは必ず甦る。世の中の先頭に立つ日が必ず来ます。
小保方　その確信はどこからくるのですか？
瀬戸内　私には人の才能を見抜く力があります。私がものになると言ったら、必ずなる。だから小説を書きなさい。あなたが腹を立てていることを、書けばいい。男のことも。
小保方　嬉しいです。心から嬉しいです。甦るなんて、思ってもいなかったので。私の人生はこうして終わるのだと……。
瀬戸内　いいえ、また花が咲きますよ、根がしっかりしているから大丈夫。見返してやりなさい。でも早くしてくれないと、その姿を見ることが94歳になる私にはできないわ。

（二〇一六年六月十四日号）

小保方晴子（おぼかた・はるこ）
千葉県生まれ。ハーバード大学医学大学院、理化学研究所発生・再生科学総合研究センター等で研究に従事し、２０１４年理化学研究所を退職。２０１６年、ＳＴＡＰ細胞をめぐる騒動について綴った『あの日』を刊行。近著に『小保方晴子日記』がある。

対話3 ■ 井上荒野

家庭のある男を愛した女と、夫の嘘を信じた妻の胸の内は

母の謎に迫るために執筆を決意

井上 この世には「これしかない」という男と女の組み合わせがあって、それが私の父と母であり、父と寂聴さんだった気がします。4年ほど前、父と母と寂聴さんの関係を書いてみないかと編集者から提案されて、最初は絶対嫌だとお断りしました。両親は亡くなっていましたが、寂聴さんについて書いた私の小説をご本人に読んでいただくなんて、そんな怖いことできない。（笑）

瀬戸内 私はなぜ書かないのかと思っていましたよ。

井上 ちょうどその頃、寂聴さんが体調を崩されて。回復された頃、江國香織さんと角田

光代さんと、ここ寂庵に遊びに来たのです。夜までお話ししましたね。父の話もたくさんしてくださった。寂聴さんは本当に父のことが好きだったんだと実感し、その時に、書きたい、読んでいただきたいと思いました。

瀬戸内　書くことにしたと報告に来てくれたから、「どんどん書きなさい。何でも話します」と大賛成しました。

井上　執筆を決心した理由の一つに、母は一体どういう人だったのかと考えるようになったこともあります。父には常に、寂聴さん以外にも恋人がいた。だけど母は、少なくとも私たちの前ではつらい顔を見せることはなく、家の中は平和だった。なんでそんなふうに振る舞うことができたのか、不思議だったのです。

人の心を摑む力が父にはあった

瀬戸内　40代の初め頃、出版社主催の講演旅行で高松へ赴いた際、井上さんと初めて会いました。井上さんは奥さんのことを「美人なんだ。料理がうまいんだ」って初対面の私にしきりに自慢する。アホかと思いました。（笑）

井上　そうですよね。（笑）

瀬戸内　でも、嫌な感じではなかった。講演の前に、私は徳島の人形作家の取材を予定していましたが、井上さんが「あの人形作家、大好きなんです」と言ってついて来たの。私がビックリしたのは、その人形作家が井上さんをたちまち好きになって、彼の話を聞きたがったこと。

井上　父は、相手が一番言ってほしいことがわかるんです。

瀬戸内　そうそう。出会いからほどなく私たちは男女の関係になり、ある日、井上さんに誘われて横浜に行きました。港に停泊中の船に乗っていたロシア人女性に会うためだったのですが、私を「友達」と言って紹介するのよ。

井上　彼女がお土産に、自分がはいていたズロースを父に渡したんですよね。その話を寂聴さんから伺って、今回の小説にも書きました。実は、1992年に父が66歳で亡くなった後、業者を呼んで本などを処分したのですが、その目録に「井上光晴の書斎から見つかった使用済みパンティ」とあって。家族は「私たちの？」「洗濯済みだよね!?」と大騒ぎしたのですが、それだったんですね。捨てるきっかけがないまま、父の引き出しに眠っていたのかもしれません。

瀬戸内　ソ連の作家同盟に招かれてあちらに行った時、事務員だった彼女とすぐ仲良くなったらしい。言葉もろくに話せないのにね。

井上　そういう特殊能力はありました。（笑）

瀬戸内　お母様の郁子さんは稀に見るチャーミングな人でしたよ。そして天然自然の文才がありました。本当は、小説が書きたかったのだと思う。井上さんの小説のなかに明らかに別の人が書いたとわかるものがあり、「これは奥さんが書いたね」と言ったことがあるんです。「そんなことない！」と怒っていました。「どうして書かせないの？」と聞いたら、「そんなの俺が困るじゃないか」って。

井上　私も、母が書いたと思っている作品が3つあります。ただ、寂聴さんは、父が母の名前では書かせなかったっておっしゃいましたが、私には母の本心がわからないのです。もし生きていても本当のことは言わないような気がします。実はとても気になっていることがあって……。父の死後22年もあったのに書かなかったのは、私のためだったのではないか、と。私がショックを受けるんじゃないかと心配して書かなかったのだったら、どうしようって。母が残した大きな謎の一つですね。

娘を捨てた女と母に捨てられた男が出会って

瀬戸内　郁子さんは井上さんの文学的才能を信じ、尊敬していたのでしょう。夫の嘘を全部わかったうえで、守ってあげていたのではないかしら。

井上　女性関係に限らず、何から何まで父の嘘は筋金入りでした。旅順生まれと言っていたけれど、本当は福岡の久留米生まれ。（笑）

瀬戸内　私は旅順を旅行したことがあったので、「旅順っていいとこね」と言うと、「え、あんた知ってるのか！　どんなとこ？」って聞くの（笑）。嘘ついてると思った。

井上　父が死んだ後、叔母の話などから父の嘘がわかって、母に「わからなかったの？」って聞いたら、「いや、なんか変だと思ってた」って言っていました。（笑）

瀬戸内　井上さんの嘘に頭にきて、彼が過去につきあっていた女性に訊ねたことがあります、「どうしてあの人はあんなに嘘つきなのですか」って。すると、「井上さんから嘘を取ったら、小説家じゃなくなります」と。なんて立派な女性だろうと感心しました。そういう素敵な女性ともつきあっていたのよ。

井上　女の人を見る目はある（笑）。女性に守られていたのですね。父は職業作家となってからは私小説を書いていません。自分自身にも嘘をついて、頑なに誰にも真実を明かさないまま死んでしまった。生まれ育ちに対するコンプレックスや、文壇で味わった疎外感を絶対に明かさず、小説の中でさえ書くことを避けたのではないかと。最後までどこか孤独だったのだと思います。

瀬戸内　私はかつて夫と4歳の娘を置いて出奔しました。一方、井上さんの母親は彼が4歳の時に家を出ているのです。だから母親を私に重ね、甘えるようなところがありました。

井上　父の〝手作り信仰〟はおそらくそんな生まれ育ちからきていると思うのです。母は父のために、うどんも蕎麦《そば》も粉から打っていた。父が「うちの嫁はどんな料理もできる」と言いふらすから、誰かが蒟蒻芋《こんにゃくいも》なんかを送ってきてしまい、蒟蒻までうちで作らなきゃいけなくなって。（笑）

瀬戸内　郁子さんはお嬢さん育ちで、結婚する時は味噌汁一つ作れなかったそう。

井上　うちにいっぱい料理の本があったから、一所懸命勉強したのだと思います。わが家はご飯をすごく大事にしていて、父が家にいる時は、朝も昼も夜もみんなで食べるのが当たり前でした。母が子供のために我慢していたということはないと思います。父が外ですることは気にしないと決め、その決意を貫き通したのでは。うちにいる時に仲良くできればそれでいい、と思っていたんじゃないかな。

瀬戸内　お宅に食事に呼ばれて行ったこともありましたね。

井上　尼姿でいらした時、初めてお目にかかって。私は高校生ぐらいだったと思います。まさか寂聴さんと父がそういう関係だったとは思いもしませんでした。女性が原因で両親が喧嘩するのを見たのは、1回だけなんです。だから、父の行動はなんか変だよなと思いながら、外に女性がいるのを大人になるまで気がつかなかった。父は、「俺には女が何人いても、あんたが一番だ」と言っていたと母から聞きました。母はそれを信じることにしたんでしょう。

不倫関係の清算のために51歳で出家した

瀬戸内 私が出家したのは、井上さんとの男女の関係を断つため。長くつきあって双方に飽きがきていましたし、私一人を思ってくれるような男じゃないことはわかっているのに、ダラダラと続きそうな雰囲気だった。井上さんは私のうちからあちこちの女に電話して、「今日は行けそうにない」「あと30分くらいで出るよ」なんて言っていた。私はそれを別の部屋の受話器で聞いていたのよ。「みんな聞いた」と言って、喧嘩したことがあります。そしてある日、「出家しようと思う」と私が言った。井上さんは「あ、そういう方法もあるね」と(笑)。出家後は、彼が亡くなるまで友人としてつきあいが続きました。

井上 けれど、出家すればほかの人とも恋愛できなくなります。それでよかったのですか？ まだ51歳でしたよね。

瀬戸内 その時、実は私にも若い恋人がいたんです。

井上　え？

瀬戸内　それも面倒くさくなってね。過去の男もみんな、私が出家するって言っても誰も止めなかった。ひどいと思わない？（笑）

井上　父以外にもう一人いらした？

瀬戸内　井上さんは、ほかの男がいることを感じて、妬いて怒って喧嘩になって。「怒る権利なんかない。うちからしょっちゅう女に電話してるじゃない」って言ったら黙った。

井上　黙るしかないです。（笑）

瀬戸内　郁子さんでなければ井上さんの奥さんは務まらなかった。普通、あんなに次から次に女を引っかける夫なんて、嫌になるわよ。

井上　私だったら怒って別れると思います。でも、その人とずっと一緒にいたいと思ったら、やっぱり何かを無理やり信じるかもしれない。「女がいながらうちに戻ってくるのだから、私が一番なんだな」とか。ただ、やっぱり相当意志が強靭でないと続かないでしょうし、うちの母はそこのところが並外れていたような気がしますね。それは寂聴さんとの共通点かもしれない。

瀬戸内　井上さんは「もしも俺とあなたがこういう関係でなければ、うちの嫁さんとあなたはいい親友になる」と何度も言いましたよ。そのとおり、井上さんが亡くなってから本

当に仲良くなった。もちろん、そうなるまでには時間が必要でした。

井上　父が亡くなってから7年ほどは、お骨は家のクローゼットにしまわれていたのですが、寂聴さんが名誉住職を務めておられる岩手県の天台寺にお墓を建てました。寂聴さんに勧めていただき、母がそう決めたのです。

娘が小説家になるのが父の夢だった

瀬戸内　井上さんは、あなたが幼稚園ぐらいの時から、あの子は将来小説家になると言っていました。

井上　刷り込みですよね。（笑）

瀬戸内　初めてあなたの小説を読んだ時、ああ、これはすごいと思いました。その作品で、私が選考委員を務めていた「フェミナ賞」を受賞したんです。ご両親がとても喜んで。

井上　28歳の時です。ただ、そのあとの書けない時間が長かったのです。小説家として全然ものにならず、本当にダラダラして、恋人に依存して。

瀬戸内　病気もしましたね。

井上　はい。36歳の時にS状結腸がんに。当時、寂聴さんにはお手紙で打ち明けました。

瀬戸内　でも、私はね、必ず書くと確信していた。井上さんもそう思っていましたよ。

井上　父が亡くなる直前、私に「もう大丈夫だよ。ずっと書いていけるよ」と。根拠はまったくないのですけれど、自分に言い聞かせるように言っていました。

瀬戸内　結婚した頃からまた書き始めましたね。

井上　ええ、40歳くらいからようやくです。結婚がきっかけになりました。結婚式の時に寂聴さんは、「女流作家は幸せになったら書けないんです」って（笑）。でも私の場合はいい方向に働いたようです。父から「何者かにならなくてはダメだ」と言われて育ちましたが、それは本当に父の唯一にして最大の教育でした。小説が書けない時に、じゃ、結婚しちゃえとか、全然違うことをしようとは考えなかった。私ができるのは小説を書くことだけだと思っていました。父にちょっと感謝しています。

瀬戸内　井上さんが誰より喜んでいるわね。

お正月の過ごし方に時の流れを感じて

井上　子供の頃からずっと、父が亡くなってからも変わらず、元日は必ず実家で過ごしていました。母が亡くなる前の1、2年は、私の家で母とお正月を迎えました。今は夫と、仲良しの編集者Kさんの3人で過ごすようになった。時の流れを感じます。母のお雑煮は、焼きアゴでだしを取ってブリを入れた博多風。すごく美味しくて毎年楽しみだった。ちょっと寂しいですけどね。ずっとずっと同じように続く情景はないのだと、最近、お正月になると思います。

瀬戸内　私にも変化がありました。娘と思いがけず交流が復活したんです。お正月には娘が孫夫婦とひ孫を連れて訪ねてきました。孫はタイ人の女性と結婚して、2歳の女の子がいるの。私が名前をつけました。娘の亭主は早くに亡くなってしまって今は一人なのだけど、なんだかのびのびしてる。

井上　のびのび。(笑)

瀬戸内　孫は2人、ひ孫が3人います。私、今年の5月には97歳になるのに、文芸誌に連載が2本もあって。皆あきれていますよ。自分でもあきれている。(笑)

井上　今回、母の謎を解くために書き、一瞬わかったような気がしたのですけど、でもやっぱり、まだわからないことがいっぱいあるんです。人間の謎って解けることがないのだと思いました。また、今回はこういうふうに書いたけれど、もし私も寂聴さんみたいに長生きできたら、その時はまた違う視点で3人の関係を書けるのかもしれません。

(二〇一九年二月二十六日号)

井上荒野（いのうえ・あれの）　作家

１９６１年東京都生まれ。２００８年『切羽へ』で直木賞受賞。２０１９年、作家生活30周年の記念出版となる『あちらにいる鬼』を刊行した。

第四章——心を揺さぶる愛と決意の手記

かつて瀬戸内寂聴さんが人生のエポックを綴り、センセーショナルな内容で話題を集めた独占手記。

その強く迷わない心のありかたは、生きる苦しみ、答えの出ない煩悶にひとすじの光をもたらし、勇気を与えてくれる。

「妻の座なき妻」との訣別

「瀬戸内晴美」として文壇で華々しく活躍していた昭和30年代、筆者は妻子ある作家（文中の「J」＝小田仁二郎）との長きにわたる恋愛に終止符を打つ。作家へと導いた「J」への愛情と、文学への渇望に灼かれつつ生きた8年間の清算を綴った。

（一九六二年三月号）

――スキャンダル記事の中の私

二年ほど前のある日、私はN町から西武線に乗っていた。何気なく見上げた電車の吊り広告の文字が目に入ってきた。四流どころの週刊誌の広告だ。

「或る女流作家の奇妙な生活と意見」

白ぬきの文字は他のどの見出しよりも大きく、ビラの真中におどり出るように浮き上っている。

やれやれ、気の毒に、また誰かが変な記事に書かれたんだな、私は全く他人事だと思って、のんきにそのビラを見上げ、仕事仲間の気の毒な被害者に心から同情した。どうせ、当人にとって名誉な記事でないことは、その雑誌の性格からいっても十分想像出来た。新宿へ着き、私は人と待ち合わせるため、喫茶店に入った。ちょうど目の前に、店のそなえつけの週刊誌が何冊かなげだされてあり、電車のビラで見て来たばかりのそれが、一番上にのっていた。私はヤジ馬根性と好奇心からそれをとりあげてめくっていった。呆れたことに、私自身の大写しの顔がある頁の真中からいきなりとびだして来た。ぎょっとして目を据えると、まぎれもない、電車の広告の文字がその頁の見出しにでかでかとのっている。私の写真の斜め下には、御丁寧にも、私の愛人のJの顔までのっていた。両方とも、いつとられたか自分では覚えもない写真だった。そこまで見てもまだその記事が自分のこととはピンと来ず、私は文字を拾いはじめた。

怒るよりも思わず吹きだしてしまうようなでたらめな話がそこにはまことしやかに書き並べてある。私の全く知らない私の数奇な半生が描かれていた。それによれば、私は夫の家をとびだし、京都で京大の学生の子供を産んだのだそうだ。また私は妻子あるJと公然と同棲し、最近Jがさる週刊誌に連載小説を書きだし、「作家として一人前になったので、もう私の役目は終ったから、身をひいて奥さんにかえしていい」とインタビューされた記者に語ったのだそうである。

読み終り、私は思わずふきだしてしまった。私の半生なるものは、私の小説のあれこれから何行かずつ拾いあつめて、つぎあわせつくったものらしい。それにしても、私は小説の中でも京大生の子供を産む女の話など書いたことは一切ない。また私は、その時まで、そんな記事のためにインタビューをされたことなど一切ない。電話さえかかっては来ていない。私はその「奇妙な女流作家の生活と意見」を拝見し、電車の中でビラを見上げていた自分の顔を思いおこしまるで漫画だと自嘲した。家に帰った頃、次第に怒りがこみあげて来て、電話でその社にどなりつけたけれど、そんなことには馴れているらしい相手はぬけぬけと平気だった。

それほどひどい例は少いけれど、似たようなことは何度かある。自分の云った覚えのないことばやしたことのない行動が、無責任な活字で流布される不愉快は、そんな目にあった人間でなければわからないだろう。けれどもその記事にも一分の真実はあった。私が夫と子供のある身で恋人をつくり、夫の家をとびだしたこと、後に妻子あるJを識り、恋愛関係になり公然と彼との仲をつづけていることであった。そのどちらも道徳のわくをはみだした行為であり、それだけでそういう雑誌のスキャンダル面に扱われるようなネタの持主にはちがいなかった。それらのことを私はすでに小説の中でいくらか書いている。私小説の手法を使ってはいるが、それらの私の小説はいわゆる純粋な私小説ではなかった。どの場合も私は現実と虚構をないまぜて全然別個のもう一つの小説の世界をつくりあげていた。そういう方法が私には私の内面の真実をより一層確かに描けると思っていたからであった。

「妻の座なき妻」の誇りと苦しみ

この一年程前から、八年つづいたJとの関係を清算したいと考えはじめたころから、私はこの問題をテーマに秘かに小説を書きつづけてきた。自分の内部に充満した血嘔吐をはきちらすような切ない作業をつづけながら、私はむきだしにされていく自分の醜さや、愚さや、度し難い矛盾相剋《そうこく》の網目に身も世もない情けなさを味っている。迷いこんだ穴から書くことによってぬけ出るなどということは、とうてい出来ない作業だったのだ。それでも小説に書くことによって、自分を客観視し、自分がどうにもならないと決めていた「関係」をどうにかしなければならないという前進的な方向に持っていけるようになったのはたしかであった。

ちょうどそんなころ、この雑誌で「妻の座なき妻」の特集があった。私はそこに私の悩みと同じ悩みをつづけている何人かの同類を見た。その人たちのペンが書ききれないもっと深いため息や、悶えが聞えるように思った。

彼女たちは申しあわせたように経済的自立を得、社会的にも自主性をかち得ている人たちであった。

「女の可能性とかその将来とかをとりあげる時間題にすべきはこういうひとたちである」と、ボーヴォワールにいわしている「めぐまれた女性」たちであった。男に養われながら、選挙権だけを看板のようにふりまわし依然として本質的には男の隷属物にすぎない女の地位にあきたらず、すでに、意識するとしないにかかわらず、そこからぬけ出ている、解放された「自由な女」たちであった。にもかかわらず、彼女たちの心を引き裂いている悩みの、依然として何と女らしく、女そのものの問題であることか。

「私は後悔しない」

「私は恥じていない」

「私は彼を責めない」

彼女たちが必死に自分にいいきかせ、世間に叫んでいることばの一つ一つが私には他人の声には聞えなかった。八年の彼との歳月の中で、私自身、何度そううめいてきたかしれないなじみ深いことばであっただろう。

経済的に男や、男の家庭に負担をかけていないというのが自分の行為の云いわけの何より強い自負なのだ。むしろこうした立場の女たちは、かえって、自分の愛の純粋さを強調し正当化したいため、経済的に男の分まで積極的に分けもとうとさえする。

「彼がもし、妻や子を捨てて私の許に来るようなら……そんな冷酷な彼は私は愛さないだろう……」

こんな意味のことばをそれらの手記の中に見出した時、私は苦笑しながら涙をこぼしていた。恋する女でなければ決して口に出来ない、その一見謙虚で優しさにみちたいじらしいことばもまた、八年間の私の恋の支えでもあった。

私は小説の中で自分の恋を責めさいなんでいる時、このことばにつき当り、そのことばにかくされている傲慢さと、自分勝手な言い分に愕然と気づいた直後であったからだった。こういうことばを口に出来るのは、男の愛が自分にあると確信と自信にみちている時である。

「彼は……私がそう望みさえすれば、必ず、妻子を捨て、私の許にやってくる。けれどもあえて、私はそんなことを彼にさせない。なぜなら、彼のそんなむごいことの出来ない人間的な、優しさを私は十分理解しているから……」

一見筋の通ってみえるそんな理屈に自己満足しながら、私は八年間唯の一度も彼に妻と私のどちらを選ぶかという一番大切な問題を聞いてみたこともなかった。そんなひとりよがりの思い上りが、膝づめ談判の解決を迫るより、どれほどひどく、彼の妻を侮辱している傲慢さにみちたものかに、私は八年間一度も気づかなかったのだ。そして「優しさ」という手触りのいい美しいことばで二人の女のどちらをも選べない、男の愛のあいまいさに掩《おお》いをかけ、一度もその正体をつきとめてみようとはしなかったのだ。

むしろ、

「夫を守るということ、これは一つの仕事である。恋人を守るということ、これも一種の聖職である」

こんなことばを自分に都合のいいように解釈して私は世間に自分の恋を誇示して来さえした。

見合結婚の破綻まで

八年前、私と彼がめぐりあった時、両方とも最悪の絶望状態におちこんでいた。

すでに私は「世間を気にしない女」になっていた。というより、とっくに「世間の評判を落してしまった女」であった。

貞淑な良妻賢母の座から一挙に不貞な悪女の座に堕ちて世間の道徳の枠からはじき出されてみると、そこには想像も出来なかったのんきさと自由があった。けれどもまた「うるさい世間の目」の外の世界は、ともすれば、ずるずるとひきずりこまれるような虚無の淵が足元におとし穴をつくってもいた。あらゆる自分の美徳の名や保証されていた社会的地位や、子供と引替えに自分で選んだ恋愛に、もののみごと惨めな失敗をとげたあとでは、私はもう虚無の泥沼にずるずるおちこんでいく自分をどうする力も持っていなかった。二十五歳の人妻が二十一歳の青年とした恋が、その女にとっては初恋だったといったら、こっけいだろうか。

夫とは見合結婚だった。厳格な県立高女でスパルタ式の教育を受けた私は、先生に気にいられる善良な優等生だった。御法度の男友達をつくるなど考えもしなかった。第一私は美しく生れあわせていなかった。女子大に入っても寮と教室を往復するだけの学生で、お茶をのむボーイフレンドもなかった。きりょうの悪い娘を女子大に入れ、ますます婚期を失うはめにしたという世間の噂を苦にした母が必死に奔走してチャンスをつかんだ見合の席に、私は夏休みのある日、着なれない着物に苦しい帯をしめ、しとやかな娘らしく装って出席した。退屈な学校生活にもあきあきしていたし、日一日と色濃くなる戦争の匂いもいやだったし、北京に嫁げるという魅力もあって、私は出来るだけこの見合にパスしたいと望んでいた。見合という形式が、男が女を選ぶ場であって、女が男を選ぶなど思いもかけない田舎の風習に、私は別に抵抗も感じない意識のない平凡な娘だった。私は見られて、うまく選ばれたいと、その時思っていただけだ。見合が成功した時、私はたちまち、その相手を、私が少女時代から描いていた理想の男性像に頭の中で仕立てあげてしまった。女子大の寮で私は北京の彼に毎日ラブレターばかり書いて暮した。自分の書く恋のことばに自分で酔い、私はこの幻の恋に陶酔した。

結婚して北京へ渡り、翌年女の子を生んだ時も、私は愛する夫の子供を産む女の味うであろう幸福感を人並に十分味った。私はしたことのない台所仕事に次第に熟練するのが楽しく、不如意な家計のやりくりが上手だとほめられるのが得意であった。夫を偉大な学者の卵だと信じ、彼のかげでつつましく人目にたたず、内助の功をつくす妻になるのが私の当時の夢であった。

内地が空襲にさらされ、郷里が一夜で焦土になり、母が防空壕で焼け死んだのも知らず、私は劫初《ごうしょ》のけがれなさで輝きつづけているような北京の碧空の下でのんきに暮していた。天皇の写真ののった新聞を破っただけで罰が当るという教育のされ方をして来た私は、その頃でも骨の芯から忠良な臣民であり、日本の敗戦など夢にも考えたことがなかった。

戦争が私に直接結びついて来たのは、二十年六月の夫の現地召集からだ。誕生日が来ない子供をかかえ、私は親類一人ない北京に無一文でとりのこされた。夫の職場が輔仁《ほじん》大学から北京大学に変ったばかりで、内地からの任命がいつ来るかわからず、従って北京大学の給料が出ないという不安な状態の中である。内地からもう手紙も通じなくなっていた。私はその日から俄然活動的になった。七つの行李《こうり》につめて母が持たせてくれた嫁入支度の着物を、一枚のこさず中国人に売った。しつけもとらないまま、一度も手を通すひまもなかった着物が、それから二年の私達親子の生命を支えてくれることになろうとはまだ想像もしなかった。

札束を畳の下に敷きこみ、私は職探しに奔走した。赤ん坊をかかえた女の就職の難しさは、どんな時代にも変ることはない。ようやく私に与えられたのは、家からさして遠くない城壁の真下の運送屋の事務員の口であった。少女の阿媽《あま》に赤ん坊と留守をあずけ、私は生れてはじめて就職した。その日が八月十五日だった。電話を四、五本とりついだだけで私はその店の応接間で主人や使用人と最敬礼をしながら天皇の声を聞いた。ザアザアという雑音にまぎれこんだ天皇の声は歯切れの悪い濁った頼りない声であった。意味もとれないほど雑音でかきけされていた。後につづいた現地司令官の声で、はじめて私は事態を納得した。

どんなふうにその店をとびだしたのか覚えていない。気がつくと私は人気もない大通りの商店の軒下で雨宿りをしていた。しのつくような雨が視界をさえぎっていた。となりに若い少年のような俤《おもかげ》の兵隊がやはりぼんやり雨を見つめていた。見るまに雨は上り、簾《すだれ》を巻きあげるようにするすると雨脚が上っていった。城門のかなたで遠雷が走るのが聞えた。その時、私は自分が深い真暗な水の底から不意に浮き上り、大きな息をしたように思った。雨上りの大気が真実肺の奥までひりひりしみとおってきた。見なれた北京の町並が見知らぬ国の未知の町筋のようにきらきら目に映って来た。私は次の瞬間、悲鳴に似た声で子供の名を叫び、気が狂ったように子供のいる胡同《フートン》の方へ走りだしていった。

夫が帰って来た。内地へ帰りたくないという夫に従い、私も終戦の翌年まで北京に残った。終戦の日を境に、私の内部に一つの変化がおこったことに夫は気づかなかった。その時になって、私は夫と結婚以来何ひとつ話らしい話をしていないのに気づいた。日常生活はあったが、私たちの間に本当の会話はなかった。今になって心の中のもどかしさを伝えようとしても通じあうことばのないのを発見した。

私はもう過去に教えこまされ信じこまされた何物をも信じまいとかたくなに心をとざしていた。教えこまされたことにあれほど無垢な信頼を寄せていたことを無知だと嘲《わら》うなら嘲われてもいいと思った。無知な者の無垢の信頼を裏ぎったものこそ呪うべきだと私は考えていた。もう自分の手で触れ、自分の皮膚で感じ、自分の目でたしかめたもの以外は信じまいと思った。その頃私に確実に信じられるのは日一日と私の腕の中で重みを増す子供の量感だけだった。

着物の金を使い果たし、命からがら引揚げて来た内地で見たものはもう一度私を叩きのめした。私は飢えていたものがとびつくようにあらゆる活字にとびついていった。それらの活字のもつ意味を私はかわいた海綿のようにじくじく吸収していった。私の内部には次第に新しい自分が生れはじめていた。なじみのないよそよそしい自分だったけれど私はその新しい細胞の一つ一つに自我という文字が灼きつけられているのを息をつめて見守っていた。

そんな頃、私に恋がふりかかった。それからの経験やJとの愛を通してみても私には恋愛は不測の事故だと思えてしかたがない。彼に恋を打あけもしないで私は夫に自分が恋におちたと告白していた。

二十五歳の私の恋は、年より幼稚で、狂気じみていて、まわりじゅう傷だらけにして拾収もつかなかった。

後で考えれば全くノイローゼになって、私は家出という形をとった。ませていてもたかだか二十一歳の青年にこんな重荷な女が受けとめられるはずはなく、半年あまりで私たちは一日も一緒にすごさず、私が惨めな裏切りをして、彼から離れていった。

文学とのめぐりあい――新しい恋

二十五歳にもなって女一通りの生活体験を経ながら、ようやく十六、七歳の文学少女の立っているような精神的地点に立ち、気がつくと私は色の恋のといっている沙汰ではなかった。

夫に衣類と配給票を押えられ、京都へ友人を頼って行きその下宿に転がりこんでしまった生活なので、私はとにかく「生きなければ」ならなかった。その時以来「生きなければならない」という最底線との闘いで、私の足元を歳月は目ざましい速さで流れてしまったのだ。

惨めな生活との闘いの空疎さに、気力も体力も萎えはてる時、私は「人の生肝をたべても成長したい」という平林たい子さんの小説のことばをお題目のようにとなえつづけて来た。けれども私の現実は、人の生肝をたべても露命をつながねばならぬ線から一向に向上せず、とても「成長したい」という高尚な願望までとどかない情けない有様であった。

京都から東京に舞いもどり、しゃにむにペン一本で子供雑誌の原稿を書きちらしてどうにか女一人の生活をささえられるようになったころ、私は自分が底のない虚無の淵にどっぷり腰までつかってしまっているのに気づいた。「こんな生活とはちがう、こんなはずじゃない」私は自分のだらしない状態に悪態をあびせながら、酔っぱらって深夜の雪道に膝をつき、犬のように哭《な》きながら、私は成長したいのに！　成長したいのに！　と身をもんでいた。

Jと識り、彼にさそわれた時、私はまるで無貞操な女のようにすぐ彼と旅に出た。私はその旅で誘われれば心中してもいいような深い倦怠を、疲労をもてあましていたのだ。一、二回しか口をきいたこともないJについてその時私の識っているのは、彼が私以上に何者かに絶望しているということと、感覚的に合う人間だというういいかげんなおくそくだけだった。

金のない二人の旅はみじめで貧しいものだった。お酒をのみすぎた彼はその夜私を抱けなかった。私たちはそんなこととは別に、その一夜で二人がお互いに今、必要な人間どうしだということを感じあった。私は彼を生かしたいと思い、彼を生かすことにもうどうでもいい私の生命をかけることで私も生きていいと思いはじめた。彼の方でも私を生かすことで、自分の絶望状態から目をそらしたいと思った。いいかえれば溺死しかけた者同士がお互いを藁でもと思ってしがみつき合ったのだとも云える。

私たちは死を選ばず、旅から帰って来た。何かしら自分の足に地をふみしめている力強さがみなぎってきた。

それからの八年を今、本当に短いものに思う。

私たちははじめから、愛や永遠や、同棲を誓ったりはしなかった。何ひとつ契約もしなかった。ことばは不要な理解が、お互いに交流するのを感じたのだ。

はじめから、私は彼に妻子のあることは知っていたし、その人たちの場にふみこもうなどとは考えてもいなかった。彼を死なせまいとみはることが私の生きがいになっていた。

私の内部にもやもやとおしつまり、出口がわからずうずまいていた文学への願望が、彼にはっきり出口を教えられ、道筋をさし示された。私ははじめて彼がたった一冊出した彼の作品集『触手』を読み、強烈な文学的感動を受けた。そういう作品を一冊でも書いた彼を尊敬し、彼の文学を信頼することが出来た。彼に励まされ、私は私の内部に眠っていたさまざまな可能性を少しずつ光りの中にひきずりだすようになっていった。

いつのころからか、彼は湘南の海辺の町にある彼の家と私の下宿を小まめに勤勉に往復するようになっていた。八年間それはほとんど乱されることなく、まるで電気じかけのように正確に繰りかえされた。恋のある時期、私にもやっぱり、彼の不在の間に嫉妬になやまされた時はあった。それでも私は嫉妬だけにかかずらっていられるほど閑がなかった。

と同時に、私に対する彼の愛の確信のようなものが次第に強まり、傲慢な愛の自信から、みじめな嫉妬は解放された。もともと私は嫉妬心は人並より薄いのかもしれなかった。

　妻の座というものに私は全然魅力もなかった。一夫一婦の結婚の形態にも私は私なりの疑問を持つようになっていたし、世間の夫婦をみまわしても心底から羨ましいと思うような家庭もなかった。私はまた、孤独な時間が好きでもあった。彼といる時間の充実と温さと、安堵感は幸福そのものだったけれど、彼の不在の時の何物にも犯されず、孤独な時間のすがすがしさもまた私には幸福そのもののずしりと手ごたえのある時間であった。宿題を出された勤勉な小学生のように、私は彼の不在の時間に彼が組んでおいてくれた仕事の山をこなし、読むべき本を読み、観るべきものを観に走らねばならなかった。

　彼が来た時、息せききってそれらの身心の経験のすべてを彼に告げると、私ははじめてそれらのひとりでした経験が血肉となって自分の内部に定着するのを感じるのであった。

　彼の描いた軌道にのって私が走りはじめると、彼の生活費まで私がみているのだという噂がたちはじめた。そんなことは彼も私も問題にしなかった。私は私のものは彼のものだと思っていたし、事実、私の働いて得る金や物にしても、彼の精神的な助力がなかったら、とうてい得られないものだった。けれども事実は、私は彼の生活費などみたことはなかった。最小限でも彼はずっと彼のペンで稼ぎつづけて来たし、妻子も養って来ている。また彼の奥さんも決して夫に依存しているだけの無能な人ではない。自分の芸術への夢は、彼との恋が結婚にすすんだ時、きっぱりあきらめて、彼の内助の妻となる道を選んだ人であった。彼にいい仕事をさせるため、内職をしつづけて、彼の負担を少くして来ているような人だ。

ある時期、彼に降ってわいたように華やかな週刊誌の連載物の仕事が来て、それを引受けてしまった。彼の今まで不如意をこらえつづけ守って来た文学の道からいえば、絶対引受けられる仕事ではなかったけれど、彼は長い奥さんの献身と苦労にむくいたくてそれを引受けたのだとしか私には思えない。その間、私にも彼ははにかみながら、生活費をさしだした。私はその期間くらい、そわそわと居心地の悪い想いをしたことはなかった。

「まるでお妾さんみたいだ」

私はぐあいの悪い表情でその金を受けとる時、出来るだけ早く費い果そうとした。幸か不幸か、そんな時期はとうてい彼にはつづかず、またもとのすがすがしい貧しさがおしよせて来た。妻子を飢えさせても自分の文学を守り通すのが、真の芸術家なのか、どうか、私には今もって答えはわからない。ただその時以来、彼が私の部屋で、妻子を養うことだけが目的の仕事のペンを走らせ、その成果の金を持って妻子の許へ帰っていくという生活になった時、私はある失望を感じないわけにいかなかった。

彼の妻の影像との対決

八年の歳月は、本当に短いものだった。けれども彼の小学生だった女の子がすでに大学に入るまでに成長した。とすれば、その子と偶然、同じ名をもつ私の夫の許にいる子も、別れた時四つだったのにもう、高校を卒業しそうな年ごろになっているはずだ。

彼と奥さんは、私が加った奇妙な状態の八年間もあわせて、すでに二十年をこす結婚生活を送って来たのだ。

彼によって引きあげられ、彼によって導かれ、成長させられた私の、ものを書く人間の眼が、「生活におわれて」上すべりに見すごして来たものを、もう一度見つめ直さなければというようになって来た。

全く思いがけない角度から、私に結婚問題がおこった。私が「結婚出来る立場」にあるという発見は、誰よりも私自身を驚かせた。その気になりさえすれば、あなたは誰に遠慮もなく結婚していい立場のはずだ。そういわれて見て、はじめて他人事のように自分の周囲を見まわした。私は八年間強いられたわけではないが彼に貞操をたて通して来た。彼が彼の家庭に帰っている時でも、私は自分の行動を彼を辱めないようにと手づなを引きしめる気持だった。何かを彼の不在に決裁したり決断しなければならない時、

「宅に相談してみまして」

という世間の妻たちのことばは口にしないまでも、彼の欲するよう、彼がそうするであろうような物のはからいを無意識のうちにしていた。私の部屋にたまった彼の下着や彼の着物、足ぐせのついた彼の下駄やクリーニングからかえってきた季節外れの外套……そのどれをみても彼は私の部屋では情夫や恋人ではなく、れっきとした夫の風格をもつ「影」であった。私の彼への無遠慮、横暴、甘え、献身……そのどれをとっても、私は彼の情婦や恋人ではなく、れっきとした妻であった。

それなら、彼の家にいる彼は、そこで何の役をつとめ、彼の妻は何《ど》ういう役割をもつのだろう。

無意識にそこから目をそらして来た彼の妻の影像に、私は、むりやり自分の目を凝らすようにしつけはじめた。八年間、唯の一度も不平がましいことをいわず、唯の一度も私を訪ねても来ず、うらみごとの一つ云っても来ないその人……無神経なのか、生きているのか、もしかしたら、神のような人なのか……。

八年間、彼が一言も悪口などいったことはなく、むしろ、言葉のはしばしに、尊敬と愛

をこめて思わずもらし語りしたその人……。

「あの人も私知ってるのよ、悪いけど、あなたよりずっといいわよ。きれいで、やさしくて、かしこくて……」

遠慮のない正直な友人が、はっきりそう私に聞かしたその人……。そしてついに唯の一度も顔をみたこともないその人……。

彼女を堪えさせる力は何なのか。それは、彼の愛以外にあるはずはなかったのだ。私が彼の愛を信じられたように、彼女も、彼女の前に坐る時の彼の愛を信じられるものがあったのだ。

来いと云えば全部来るに決っていると単純に決めこんできた私の稚い思い上りは何ということだっただろう。全部来てしまうなら、私はいつでも引受ける……そんな思い上りも私の中には長い間あった。

彼がどこにいても、私の身体につけた糸の端をしっかりと掌中に握っていて、糸の長さの範囲で、私を自由に踊らせていたように、彼のからだにつけられた糸のはしは、決して私の掌中にではなく、二十年間彼の悲惨も、我ままも、許し難い不貞までふくめて許容して来た彼の妻の掌の中にしっかり握られているのだ。夢に見てものっぺらぼうの顔とか、後姿でしかあらわれたことのないその人が、私には急に、怪物のようにふくれ上り、巨大なものになって、ずっしりと私の前に坐るのを見た。本当に別れた方がいいのだ、と思ったのはこの時からだった。

小説の中に八年間を再現する作業をはじめてみたら、私の見すごして来たつもりの小さな痛みや傷あとが、心の深みで決して消えてしまわず、毒々しく芽をふいているのを次々発見もしていくのであった。

普通の夫婦なら、話しも出来ず聞きも出来ないようなことまでしゃべったり聞いたりする私たちの間では、私の気持の経緯も何ひとつかくす必要はなかった。彼への思いがけないうらみつらみがふきだしている小説も見せながら、

「そっちのいい分も聞かせてよ」

と、私は、膝をすすめていく。

男と手を切ると、たとえそれが双方の話し合いのうえでしたときでも、女は傷つけられるとも、女がむかしの恋人を友情をこめて語るのをきくのは、男がむかしの愛人のことをそうするよりはるかに稀だともいう。

けれども今、私は、彼との八年に訣別し、彼の机の並んでいない自分ひとりの部屋で、これを書きながら、やはりまだ、彼に深い友情と感謝と、なつかしさを感じずにはいられない自分を見つめている。

彼との八年に深いうらみや後悔や、かくされていた嫉妬や、憎悪や、待つことの切なさや、愛の不如意が、私の自分でも気づかぬ私の内部からえぐり出され、書かれることがあるとすれば、それは小説という別個の私の創作の世界の中でこそ、リアリティをもって定着づけられるのではないだろうか。

〝佛の花嫁〟になった私の真意

1973年11月14日、岩手県平泉の中尊寺で得度授戒し、法名寂聴尼となる。51歳だった。その前日、北へひた走る列車にひとり乗り込み、徹夜明けの冴えきった頭で来し方を思う。

（一九七四年一月号）

疾走ののちに

十一月十三日の午後三時三十分上野発の列車で、私はひとり誰にも見送られず中尊寺に向っていた。得度式に参列してくれる肉親や友人の一行はすでに二時間前の列車で先発していた。私も一緒に行く筈だったのに、その土壇場まで原稿を書いていて、どうしても仕上らず、遅れていかざるを得なくなったのであった。

それまでの数日、私はほとんど二、三時間ずつしか眠っていず、十二日の夜は完全な徹夜だった。疲労は軀の芯まで無感覚になるほどしみわたっていたが、頭は冴えかえっていて眠くはなかった。しかし冴えかえっていると思っているのは緊張のあまり上ずっていただけで、その証拠に、私の原稿はいつものスピードから見れば全く遅々として進まない。刻々せまってくる時間に次第に背中を灼かれるように感じながら、私はこの地獄も今日限りだと自分を励ましていた。この苦しさを逃れる手だてはただひとつ残されている。それはこの締切りぎりぎりの原稿を待っている週刊誌の編集部に、明日の得度を打ちあけ、休載させてもらうことの引きかえに、得度の記事をとってもらうことだった。しかしそれならこれまでの苦心が水泡に帰することになる。私は安易に押し流されそうになる自分を叱咤しながら、最後の精神力をふりしぼった。原稿が書き上った時、三時十分前だった。

十分で荷物をつめ、身支度をし私は本郷ハウスの仕事場を飛びだした。得度に必要な荷物はすべて先発の姉が持っていってくれたので、私の荷物は当座の生活に必要な仕事関係の物と下着くらいだった。

車が十分くらい走った時、私は車中で悲鳴をあげた。キップを仕事机の上に置き忘れたことに気づいたのである。引返す閑はない。車をとめ赤電話に走りよって、留守を頼んでいるT嬢に泣き声でキップをすぐ上野駅に届けてくれるよう頼んだ。シートにもどると、全身がきかなくなるほど疲労がどっと湧き、ほとんど失心しそうになった。

発車間際、駈けつけてくれたT嬢からキップを受けとったとたん、列車が動きだした。

黒のパンタロンに黒のセーター、その上に中国旅行に着ていった黒の毛皮のコートを着て、黒の毛糸の帽子を目深にかぶり濃いサングラスをかけた私は、何やら逃亡者めいていた。車中の誰も黒ずくめのひとり旅の女に目をとめる人はいない。隣には中年のサラリーマン風の男が坐って、週刊誌をひろげている。

シートを倒し、眠ったふりをして、私は窓外に顔をむけていた。暖房がなく車中は寒いが頭がまだのぼせていて熱い。毛糸の帽子をとり、サングラスを外す、この帽子は柴岡治子さんが、剃髪した後でかぶるようにと持ってきてくれたものであった。おしゃれの彼女は、毛糸の外に、グログランでつくった外出用というのも添えてくれてあった。

「出家したって、年中法衣というわけでもないんでしょう」

と柴岡さんにいわれて、私は曖昧にうなずいた。実のところ、私は出家後の自分の服装まで考えが及ばなかったので、どんな形で日常をすごすのかわからなかったし、決めてもいなかったのだ。着ているセーターとパンタロンはアトリエ・チセコの岡チセコさんが私のために見たててくれ、つくってくれてあった愛用の日常着で、ハンドバッグと靴とベルトはデザイナーの柴田静子さんが忙しい私のために見たてて買ってきてくれてあったものであった。ここ数年来、私は二人にまかせっきりで洋服を愉しんだ。柴田さんは私をシックなレディにしてくれ、チセコさんは私を十歳も若がえらせてくれた。ふたりとも私の忙しさに同情して、だまっていても私に必要であったり似合いそうなものは次々つくってくれた。しかも親身で商売気を離れていた。チセコさんは四、五日前、あんまりとりにいかないのでとうに仕上っていたロングドレスを届けさせてくれた。私は浮世で最後の四日間、その華やかなドレスを着てすごした。それを着て、はじめて私はある深夜、電話で彼女に今度の決意を打ちあけた。電話口で彼女は絶句し、泣いてくれた。

柴田さんは昨夜遅く、やはり赤いドレスを二つ届けてくれた。私より年長のこの根っからの芸術家は、私の得度を聞いて何も感想をのべなかった。

「夏頃から何となく、何かあるなと感じていたのよ。これ、どんなスタイルにでも似合うし、絶対調法するわよ。あたしのだけどあげます」

薄いジョーゼットのようなアルパカの角巻のようなショールの色は黒だった。私はふたりに同じ挨拶をした。

「多分ふだんは洋服着て暮すことになりそうよ。シスターの服と尼さんの法衣のあいの子みたいな服をデザインしておいて下さい」

ふたりとも、

「あなたほど華やかな色の似合う人は少いのに」

といいながら、思い直したようにいった。

「黒ね、いいですよ。黒は私の色だもの」

柴田さんもチセコさんも自分では黒ばかり着たがる人で、黒の美しさを最もわきまえたデザイナーであった。

車窓に顔色の悪い疲れ果てた女の顔が映っている。これが五十一歳の私の素顔であった。私は黒のアルパカのショールを頭からかぶり窓の外を見つづけた。

遠い昔、やはりこんな人目をしのぶような姿勢と心で列車の窓ぎわに身をちぢめ、車窓に映る自分の顔を嫌悪をもって眺めたことを思い出さずにはいられなかった。夫の家を出て、ひとりあてもない旅に出発したあの日の自分の顔が、車窓の顔に重ってくる。やはり心労と悩みで疲れはて、年齢もわからないほど荒れすさんだ表情の二十六歳の自分の顔がそこにあった。あれから二十五年、何という長い歳月を私は駈け抜けて来たことか。確かに私は常に駈け足で自分の生活を切りぬけてきた。走る足を止めれば足許の土地がさけ、呑みこまれてしまいそうに、ひたすら後もふりむかず、ただひた走りに走りつづけてきた。

きびしい愛を需《もと》めてきた

私は小説家になるという途方もない考えを持っていたが、それをいつのまにか実現していた。考えてみれば、それさえ不思議といわなければならない。世間に何万といる小説家志望者のうち、何割が小説家になって生活が出来ているだろう。私は常に怖れを知らなかった。それは生活難への無知であり、世間の怖さを知らぬ無鉄砲さからの無防禦《むぼうぎょ》であった。人生に仕かけられた無数の罠への警戒心も全くなかった。人に逢えばまず信じ、自分が人に嫌われたり憎まれたりする筈がないという無邪気な自信に支えられていた。

極楽トンボの私は、今日食べるものがない暮しをしていても、こんな状態は自分に決してふさわしくなく、何かのまちがいで、必ず正常な日がやってくると信じきっていた。それでも不如意がつづく時は、自業自得、自業自得と呪文のように口の中でいえば気がすんでいた。

自分の生き方は自分で選んだのだからと、最後の責任は自分でとる覚悟だけはつけていた。どんなに苦しい時も、神仏に祈って頼るということはしなかった。切羽つまれば、死ねばいいのだという肚もきめていた。それでいて、私はよく深夜、寝床に正坐して手を組み、頭を垂れて何かに祈ることがあった。それはいつでも自分のためではなく、愛する者の苦しみをどうすることも出来ない苦しさから、彼等の悩みをやわらげ給えと祈るのであった。私がどんなに、心を尽しても、愛をそそいでも、人間の愛が人間の深い哀しみや苦しみを根本から救うことは出来ないのだということを、幾度となく私は教えられた。むしろ、人間の愛は、ある程度を過ぎれば互いに傷つけあい、苦しめあうことの方が多いことも思いしらされた。それでも、こりずに私はいつでも恋をしていたし、その都度命がけであった。

私はいつの場合も相手に何も需めた覚えはなかったが、相手は私ほどきびしい愛を需める人間はいないという。契約をともなわない、報酬をともなわない愛のあかしは、ただ互いの衰えない情熱だけであった。けれども人間の情熱は衰えるために生れるのである。相手の情熱の衰えも、自分の情熱の衰えも私は許せなかった。情熱の衰えたところから家庭の愛は生れるが、家庭を持とうとしない私には、衰えた情熱は死灰にすぎなかった。

私は新しい恋を得る度、死灰の中からよみがえり、若がえり、成長した。どの人も私にたっぷりの栄養分を与えてくれ、私にない智慧の実を獲ってきて手ずから食べさせてくれた。しかし私は彼等に何ほどのことをして報いただろう。チェーホフの可愛い女のように私は次々と恋人の影響を受けたが、そのどの影響も自分の血肉にしてしまい、今はどれが誰の影響の名残りなのかさえわからなくなっている。現在の私は夫の家を出た時の私とは全く別人になっている。

人間が生きるということは自分の才能の可能性の幅を極限にまで押しひろげてみることだと、私はこれまで信じてきたし、人にもいってきた。今もそれは変らない。しかしそれは、人間が他人との生活の中に生きていてこそいえることで、無人の沙漠で、人間がどんな自分の才能の可能性をたったひとり開発しつづけたところで何になろう。自分の才能の可能性を伸すことが他をもうるおし、喜びを与えることになってこそ、人間は生きているという実感と、自分の存在への自信を深めることが出来るのではないだろうか。私の生きてきた今世紀ほど、人間の才能の可能性が極度に開発されたことはない。人は月にさえ立った。それでいて、今世紀ほど人間が不幸な戦争を絶間なくつづけていた時があるだろうか。

人間が他の動物と違うところは、愛することと祈ることを識っていることではないだろうか。

「あんたが自殺するのやないのかと……」

車窓はいつのまにか暮れ、濃い黄昏が濃紺の闇に移ろうとしている。もう郡山に近いと誰かが背後で囁いている。

ふいに、目の中の闇に、赤い透明な火の帯が幾条も並んでゆらめき出てきた。野火だった。夜の野火は鮮やかな朱色の炎を風に揺れる芥子《けし》の群のようにゆらめかせながら、美しく燃えさかっていた。それは華やかで清らかで、何かの聖火のように見えた。

私の明日からの日を、いきなりその火で清め祝福してくれているように思われた。車窓の私の顔の中にも野火は燃えうつり、疲れた醜い私の顔を焼き清め、ふいに少女のように輝かせてくれた。

私はもうひとつの野火の光景を思い出した。ドイツの田舎をロマンティック街道へ向ってタクシーで走っていた時であった。目路《めじ》はるか、さえぎるもののない広い麦畠の真中の道を車はもう一時間以上走りつづけていた。

いきなり行手の畠の中に火の帯が浮び上った。八月の白昼の野火は炎々と燃えひろがり、それはどこまで拡がるかわからない火の海であった。壮観さに打たれて声をあげた時、私は車とすれすれの麦畠の端に立っている大理石の聖母子の像を見た。野火を背景につつましく立ったマリアの顔はほのかに微笑しているように見えた。日本の田舎なら、陽にぬくめられ、風雪に目鼻もかすんでしまった漂渺《ひょうびょう》とした表情の地蔵様が坐っている場所であった。美しいものを見たと思った。

思いだしたこともなかったドイツの田舎のあぜ道のマリア。それもまた私の明日の得度を祝ってくれるために幻に顕れたように思う。

そのとたん、私はこの旅がひとりではないことに思い至った。柴田さんが選んでくれた大ぶりのハンドバッグをあけ、私はまだ一度しか使っていないペリカンの黒い万年筆をとりだした。城夏子さんが昨日、雨の中をわざわざ届けて下さり、玄関からどうしても上ろうとせず、ただ顔を見ればいいの、これからも小説書くのをやめないようにという意味よといって、お祝いに下さったものであった。城さんは私の長い髪をかねがね愛してくれていて、切ってはだめだと口癖のようにいってくれていた。今度のことを電話で告げた時、すぐわかってくれた。

「あなたはそういう人なのよ。止めないわ。これからはきっと、もっと素晴らしい恋愛小説が書けると思うわ、でも、淋しいわね」

円地文子さんには四年前、目白台アパートで私の決心を話してあった。源氏を書くためそこに仕事場を持たれていたので、出家の話がしやすいと思ったのだが、円地さんは真向から反対なさった。

「だめですよ、そんなこと、いやよ私は。あなたが尼さんになるなんて、いやですよ」

私はその時の円地さんの一途な口調に、肉親のような愛情を感じて黙ってしまい冗談のような顔をした。今度円地さんに告げるのが最も辛かった。それを告げた翌朝、昨夜は眠れなかったといってお電話を下さった時、誰の時にも泣かなかったのに私は涙をこぼしてしまった。郷里の七十を越した叔母を納得させるにはもっと大変だった。最後まで反対した叔母は、おかあさんが生きていたら何というだろうと嘆いた。私は仕方なく奥の手を使った。

「叔母さん、自殺や心中するよりいいでしょう」

電話の向うで叔母が一瞬絶句した。ややたって、さっきより落ち着いた声がかえってきた。

「そうやなあ、二、三年前から、私はあんたが自殺するのやないのかと、ほんとは夜も眠れんことが多かったんよ」

「だからあきらめなさい、死ぬんじゃないんだから、今よりもっと逢えるんだから」

「ほな、もうあきらめます。でも私は式には行きませんよ。何でそんなむごいこと目の前で見られるものか」

今年こそと決意した理由

私はハンドバッグの中からもうひとつのものをとりだし、掌にはさんで、また丁寧にしまった。白いハンカチにつつんであるそれは手づくりの経本で遠藤周作さんの奥様から贈られたものだった。吉野の紙でそれはつくられており、遠藤夫人の美しい筆蹟で、観音経が写経されていた。遠藤さんには以前宗教上の悩みを御相談したことがあったので、今度のことは、手紙で報告した。すると夫人が早速、この手づくりの経本をつくって祝って下さったのであった。

肉親は姉夫婦しか呼んでいない。他にどうしてもといってくれた友人が五人、列席してくれることになって先発していた。それで充分だった。来てほしかった河野多恵子さんは、

「怖いからいや」

といった。彼女の神経はわかりすぎるほどわかるので止《とど》ってもらった。それでも彼女はその日一日、仕事を空白にして、人との面会の約束も一切していないとつげてくれた。あの人にもこの人にも、私はもっと度々逢い、もっともっとやさしさや親切に報いなければならなかったのにと思う。

事前に私が打ちあけた人たちは誰一人、何故そうするのかと訊かなかったことに今気がついた。その人たちは決して、他に洩らす人ではなく、私が選んだ人であったからだが、何故と訊くまでもなく、私がそうすることを、そういうことを思いつく私であることを理解してくれているのだった。

出家の理由をこれとこれだとあげられるのがむしろ、私には不思議ではないかと思う。親しい人の死に逢ったからとか、財産を失ったからとか、失恋したからとか、そんなことで、昔ならいさ知らず、この現代に、簡単に出家が思い立たれるものであるだろうか。

私は今、年齢にしては健康だし、ドックに入って、みてもらってもどこひとつ悪いところがなかった。目を酷使するので老眼が人より早く度が強いことくらいである。目下、仕事には恵まれているし、好きなことを書いていればいい。肉親とのいざこざも一切なく、ひとり暮しだけれど、孤独をかこつ閑もないほど忙しい。子供とは逢えないけれど、子供のような若い男女はいつでも身近に群れ集ってくれる。いわば、何不自由なく、むしろ人からみれば勝手気儘な贅沢な暮しをしていると見られているかもしれない。それでも私が、他人の目に映るだけの私ではなかったとしても不思議ではないのである。人間は長年つれそった夫婦や、自分の血肉をわけた親子でさえ、互いの心の底を見通しぬけるものではない。少くとも文学者の心など、どんなに単細胞に見えたところで、一色などである筈はないのだ。

生きてきたすべての日々に仏縁はひそかに結ばれているのであって、ある日、それに気づく者と、気づかずすぎる者もまた、有縁、無縁の因縁ごとで、人力の外のことのような気がする。私が岡本かの子を書いたことも偶然とみえて卒爾《そつじ》ではなく、かの子によって、仏教に目を開かれたことも既に約束されていた有縁なのであろう。さかのぼれば私の生家の家業が仏具仏壇を商う家であったことも、無縁ではなかったのかもしれない。

伊藤野枝、管野須賀子、金子文子等、私の書いた女の革命家たちはすべて国家権力によって無残な殺され方をしている。そのこともまた、私の今度の決心をうながす重大な要因になっている。

「女徳」を書く時、私は全く取材だけのつもりで、仏教書を置いた古本屋をめぐり、寺々を訪ね、得度の様式について知ろうとした。どこでも思うような回答が得られなかった時、偶然、古本屋の店で質素な法衣の老僧に声をかけられ、智積院を訪ねたらよいと教えられた。その後、老僧は、私の顔にじっと目をあてて、

「あんたが得度なさるのやな」

といった。私は愕《おどろ》いて、小説のための取材だといった。老僧はおだやかに笑って、

「そのうち、あんた自身の役に立つやろうな」

とつぶやいた。行きずりの老僧のことばはなぜか私の心の底にとけぬ石のように落ちていた。

放浪に憧れ、出家遁世に憧れての歳月は長い。ただそれを今年こそと決したのには理由がひとつある。それは考えれば考えるほど、出家とはエネルギーのいることだと思ったからである。今の健康と体力が果して来年も保つだろうか。

人より若いとおだてられたところで私は既に五十歳をこえた。活力の充実した今を逃しては、心もくじけ、軀も萎えるのではあるまいか。あれもこれも気がかりはまだ多く、もっと身辺整理もすっきりとしたい。しかし「徒然草」にもいっている。

「大事を思ひ立たん人は　去りがたく　心にかからん事の本意を遂げずして　さながら捨つべきなり」

と。あれもこれも片づけてなど思ううちにたちまち、一生がすぎてしまう。

この年の始め私は今年こそと心を決めた。するとそれから、心にかかっていたあれもこれも、まるで奇蹟のように自然に片づいていくのであった。私はある怖れにおののきながら、やはり超越的なものの力を信ぜずにはいられなかった。

気づいた時、頼んでおいた車掌が起してくれていた。

「一ノ関ですよ」
私の目の中にはまだ野火が燃えているのに。

（1973年11月19日記）

本書は『婦人公論』に掲載されたエッセイ、対談、インタビューから厳選したものです。初出は各篇に記してあります。

第二章・第四章は『婦人公論増刊　瀬戸内寂聴　希望のことば77』にも収録されています。

単行本化にあたり、一部加筆修正しました。

構成◎平林理恵　p.21~28
篠藤ゆり　p.29~39、p.43~51、p.59~69、p.81~90
古川美穂　p.52~58
福永妙子　p.70~80
佐藤万作子　p.91~100
許素香　p.101~111
榊原すずみ　p.112~118
千葉望　p.121~132
撮影◎霜越春樹　p.15、37、65、97、107、145、159
大河内禎　p.77
木村直軌　p.129

装幀◎鈴木久美
装画◎kanaexpress
DTP◎今井明子

瀬戸内寂聴
（せとうち・じゃくちょう）

1922年、徳島県生まれ。小説家、僧侶（天台宗権大僧正）。東京女子大学卒業。21歳で結婚し、一女をもうける。京都の出版社勤務を経て、少女小説などを執筆。1957年に「女子大生・曲愛玲」で新潮同人雑誌賞を受賞、本格的に作家生活に入る。1973年に得度し「晴美」から「寂聴」に改名、京都・嵯峨野に「曼陀羅山 寂庵」を開く。女流文学賞、谷崎潤一郎賞、野間文芸賞、泉鏡花文学賞など受賞多数。2006年、文化勲章受章。著書に『夏の終り』『美は乱調にあり』『花に問え』『場所』『風景』『いのち』『源氏物語』（現代語訳）など多数。近著に『寂聴 九十七歳の遺言』など。2021年11月9日永眠。

笑《わら》って生《い》ききる

2020年3月25日　初版発行
2022年4月15日　7版発行

著　者　瀬戸内寂聴《せとうちじゃくちょう》
発行者　松田陽三
発行所　中央公論新社
〒100-8152　東京都千代田区大手町1-7-1
電話　販売 03-5299-1730　編集 03-5299-1740
URL　https://www.chuko.co.jp/

印　刷　図書印刷
製　本　小泉製本

Published by CHUOKORON-SHINSHA, INC.
Printed in Japan　ISBN978-4-12-005284-2　C0095